KB068059

소중한 사람에게 주는
사랑의 말

소중한 사람에게 주는
사랑의 말

김정한 에세이

정민
미디어

사랑이 어떻게 너에게로 왔는가

햇빛처럼 꽃보라처럼 또는 기도처럼 왔는가

'사랑이 어떻게 내게로 왔는가.'

우리의 인연은
나는 한 송이의 꽃으로
당신은 한 마리의 나비로
시작되었습니다.

지구별이라는 여인숙에 여행 왔다가
눈의 마주침, 마음의 겹침, 가슴의 떨림이라는
귀한 '사랑'을 선물 받았습니다.
당신이 내게로 성큼성큼 걸어 왔습니다.

뼛속 깊이 사무쳐 아프도록 사랑했습니다.
영혼을 바쳐 사랑했으니 행복합니다.

오만과 편견을 다 내려놓고
사랑할 수 있게 해주어 고맙습니다.
겸손하게 사랑하는 법,
사랑받는 법을 알려줘서 고맙습니다.
평생, 죽도록 사랑한 기억을
추억할 수 있게 해주어 고맙습니다.

이제, 수취불명이라 생각하여
밀어내기만 했던 그 사랑
다시 내게 도착했기에 기쁘게 마중하겠습니다.
사랑한 이유로 더 큰 희생이 덮친다 해도
운명이라 여기며 감내하겠습니다.
하여, 먼 훗날 "사랑해서 행복했노라"는
한 편의 진혼곡으로 남기를 바랍니다.

김정한

CONTENTS

PART 2 나를 아프게 하는 것은 당신의 눈물이다

PART 3 가끔은 곁에 있어도 당신이 미치도록 그립다

PART 5 사랑이 끝나는 곳에서 사랑은 시작된다

사랑은 유혹, 매혹이다.

떨어져 있다가 자발적으로 끌어당김의 중력에 의해

다가가는 것을 말하리라. 자발적 끌림을 말하리라.

당신은 언제나
나에게 설레는
첫사랑이다

사랑이 어떻게
너에게로 왔는가

라이너 마리아 릴케

사랑이 어떻게 너에게로 왔는가

햇빛처럼 꽃보라처럼

또는 기도처럼 왔는가

행복이 반짝이며 하늘에서 몰려와

날개를 거두고

꽃피는 나의 가슴에 걸려온 것을

하이얀 국화가 피어 있는 날

그 짙은 화사함이

어쩐지 마음에 불안하였다

그날 밤 늦게, 조용히 네가 내 마음에 닿아왔다

나는 불안하였다. 아주 상냥히 네가 왔다

마침 꿈속에서 너를 생각하고 있었다

네가 오고 그리고 은은히, 동화에서처럼

밤이 울려 퍼졌다

밤은 은으로 빛나는 옷을 입고

한 주먹의 꿈을 뿌린다

꿈은 속속들이 마음속 깊이 스며들어

나는 취한다

어린 아이들이 호도와

불빛으로 가득한 크리스마스를 보듯

나는 본다, 네가 밤 속을 걸으며

꽃송이 송이마다 입 맞추어 주는 것을

To love and be loved is to feel the sun from both sides.
사랑하고 사랑받는 것은 양쪽에서 태양을 느끼는 것이다.
_데이비드 비스코트

사랑은
로드맵에 따라

사랑은 유혹, 매혹이다.

'유혹하다'는 영어로 'seduce'인데 이 단어는 라틴어 'seducere'
에서 유래되었다. 'se'는 'away' 떨어짐을 의미하고 'ducere'는
'lead' 이끌다는 의미다. 그렇다면 떨어져 있는 것을 이끈다는 말
이 되는데 떨어져 있다가 자발적으로 끌어당김의 중력에 의해 다
가가는 것을 말하리라. 자발적 끌림을 말하리라.

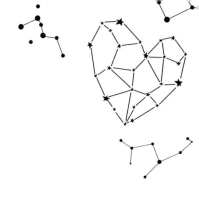

유혹이든 매혹에서든 끌림이나 당김은 사랑에 대한 행동의 표현 방식이다. 세포 하나하나가 끌림과 당김의 법칙에 따라 소리 없이 은밀하게 움직여 하나로 융합되는 거다. 사랑도 결국 여행 지도처럼 나름의 로드맵에 의해 움직인다. 지도에 따라 서로를 더듬으며 입을 맞추고 감싸 안으며 지문을 찍고 목적지를 향해 가는 것이 사랑이리라.

내가 먼저 귀한
사람이 되어야지

요즘 자주 이런 생각을 한다.
"나는 좋은 사람을 만날 준비가 되어 있는가.
누군가와 동행할 때 부끄럽지 않을 만큼
충분한 자격을 갖추고 있는가."
내 인생에서 귀한 사람을 만나려면
내가 먼저 귀한 존재가 되어야 한다.
그것이 충분히 갖춰져야 내가 바라는 사람이
내 앞에 도착할 것이기에.
철저한 계획을 세워 좋은 방향으로
현명한 실천을 해야 좋은 사람,
내가 바라는 그런 사람을 만나게 된다는 사실이다.

내가 변하지 않으면 좋은 사람은
결코 내게 오지 않을 테니까.
변화하고 꾸준히 진화하자. 나답게.

잘 지내나요 당신…

PART 1
당신은 언제나 나에게 설레는 첫사랑이다

안전지대는 어디일까

사랑이 아니라 믿었던 것들이
샘물처럼 솟아나 생채기를 낸다.
뇌는 이러면 안 되는데 하면서도
몸은 그쪽으로 기울어진다.
심장까지 비틀거린다.
그와 나의 적당한 거리,
안전지대는 어디일까.
오늘도 맘속으로 조용한 안부를 묻는다.
잘 지내는지, 아픈 데는 없는지.
혼자 되묻는다.

°온전한 내 것을
발견하려면

시인 프레벨은 사랑을 이렇게 노래했다.

3개의 성냥을 하나씩 긋는다, 어둠 속에서
처음 것은 네 얼굴을 빠짐없이 보기 위해
다음은 네 눈을 보기 위해
마지막 것은 너의 입술을 보기 위해
남은 어둠은 지금의 모든 것을 추억하기 위해서
너를 꼭 안으면서

사랑은 그렇다.
하나가 되고 싶은 간절한 마음이 최고의 행동을 이끌어 낸다.
한 남자와 한 여자가 순수한 천사가 되어
서로의 날개 반쪽으로 온 힘을 다해 날 수 있는 것,
그것은 사랑에 몰입하고 미쳐야 가능하다.
에디슨이 전기에 미치고, 샤넬이 향수에 미쳤듯이
온전한 내 것을 발견하려면 사랑에 미쳐야 한다는 거다.
과연 모든 걸 걸 만큼 사랑에 미칠 수 있는 사람이 얼마나 될까?
나는 또 어디에 속할까?

첫 발자국이
당신이었으면

길을 만들리라.
수백 번 수천 번 오가며
땅을 고르고 풀을 말리며 길을 만들리라.

나에게 오는 길
편히 올 수 있게 길을 만들리라.
첫 발자국이 당신이었으면.

새로운 출발 앞에
'희망'이라는 이정표가 웃으며 손을 흔든다.
기분이 참 좋다.

첫 만남, 첫 느낌, 첫사랑의 기대감
머리끝부터 발끝까지 모두 소풍가는 것처럼 설렌다.

노란 꽃일까, 빨간 꽃일까,
아니면 검은 꽃일까

서울타워에서 우연히 하늘의 꽃, 채운을 보았다.

구름이 만든 무지갯빛 채운은

일곱 빛깔의 무지개보다 더 아름다웠다.

하늘에도 지상에도 꽃이 만발하다.

정작 나는 몇 번의 꽃을 피웠고 앞으로 얼마큼 피울까.

노란 꽃일까, 빨간 꽃일까, 아니면 검은 꽃일까.

가장 아름다운 꽃을 피우는 때는 언제일까?

그 비밀의 문을 여는 마스터 키는 누가 쥐고 있을까?

목적지를 보며 한 걸음, 두 걸음 정확히 가고 있으니까.

아무렴 어때, 최선을 다하면 되는 거지.

부디, 붉게 물들었으면 좋겠다.

봄눈처럼 환하게 기대 이상의 무엇과 멋진 해후를 하고 싶다.

당신이에요

당신은 나에게 믿음을 주는 사람
어느 여름날 아침처럼
당신은 나에게 미소를 주는 사람
그런 사람이 당신입니다.

당신은 나의 모든 희망
내 두 손에 고인 신선한 빗물 같은 사람
밝은(강한) 빛과 같은 당신
그런 사람이 당신입니다.

당신은 내 마음의 샘에서 솟아나는
샘물과도 같은 사람
바로 당신은 그런 사람입니다.
당신은 내 벽난로에서 타오르는 불꽃
당신은 내 빵에 쓰인 밀가루와 같은 사람

PART 1

당신은 언제나 나에게 설레는 첫사랑이다

당신은 한 편의 시와 같은 사람
밤하늘에 들리는 기타 소리와 같은 사람
그런 사람이 바로 당신이에요.
당신은······.

행복한 사람

오늘은 내 안의 당신을 불러
나를 바라보듯 당신을 바라보고
당신을 바라보듯 나를 바라본다

마주보며 웃는다

당신은 나를 사랑하는 사람
나는 당신을 사랑하는 사람
우리는 행복한 사람

씨앗으로 시작하는
사랑나무

사랑도 처음에는 '믿음'이라는 씨앗 하나로 시작된다.
그러나 씨앗이 자라 모두 나무가 되고 꽃을 피우지는 않는다.
정성을 다해 물을 주고 가꾸어야 향기도 있는 사랑나무가 된다.
가지를 치고 바람에 쓰러지면 다시 일으켜 세워
하염없는 정성을 기울여야 온전한 사랑나무로 태어난다.

노을이 저 혼자 붉다
바다로 풍덩 몸을 던졌다.
노을에 취해 바다까지 붉게 물들었다.

무수히 취하고도 넘치지 않는 건
바다의 품뿐이던가.

잃어버리다, 그리움을

한 걸음 한 걸음 걷다가 산을 넘었다.
한 걸음 한 걸음 걷다가 강을 건너버렸다.
한 걸음 한 걸음 걷다가 그 집 앞에 도착했다.
문을 두드렸는데 주인은 나오지 않았다.

내 그리움은 돌아갈 곳을 잃어버렸다.

만일 실수를 하면 스텝이 엉키게 되는데, 그게 바로 탱고입니다.
If you make a mistake, if you get all tangled up, you just tango on.

영화 〈여인의 향기〉 중에서

PART 1
당신은 언제나 나에게 설레는 첫사랑이다

온종일 그대를 생각하고
그대를 그리워한다.
그대를 만나면 모든 것이
다 채워질 줄 알았는데
그대를 만나고 나면
보고픔은 또 다른 갈망으로 이어지고
그대 품에 안겨 있어도
그대에 대한 사랑은 끝이 없다.
얼마나 그대를 오래 만나야
얼마나 그대를 사랑해야
그대의 사랑이 다 채워질지
정말 모르겠다.
오늘도 그대 생각을 하며
하루를 살았다.
그리움의 하루를 살았다.

사랑하는
사람을 위하여

만약에 우리가 함께할 수 없는 날이 오면,
나를 네 마음에 넣어줘.
그럼 우리는 영원히 함께할 거야.
If there ever comes a day when we can't be
together, keep me in your heart.
I'll stay there forever.

영화 〈곰돌이 푸우〉 중에서

PART 1
당신은 언제나 나에게 설레는 첫사랑이다

당신은 죽도록 희생해 보았나요? 당신은 죽도록 배려해 보았나요?
당신은 죽도록 이해해 보았나요? 당신은 죽도록 의심해 보았나요?
당신은 죽도록 용서해 보았나요?

사랑하는 사람을 위하여.

당신에게로 외출

저녁은 당신을 데리고 갔다.
당신의 슬픈 눈이 내 살 속에 박힌다.
아마도 내가 먼저 당신을 찾을 것 같다.

PART 1

당신은 언제나 나에게 설레는 첫사랑이다

사랑은 작은 씨앗으로 시작된다

오늘도 눈을 뜨자마자
보이지 않는 작은 씨앗 하나를 누군가에게 뿌리고 있다.
사랑이건, 이별이건, 선의 씨앗이건, 악의 씨앗이건
누군가의 가슴에, 내 안에 뿌리고 있다.
뿌린 대로 심은 대로 키운 대로 나무는 자랄 것이고
그 어느 예정된 순간에 한 치의 오차도 정확하게 갈무리하리라.
후회하지 않고 지금보다 더 많이 웃기 위해서는
상처 없는 튼실한 씨앗을 원하는 곳에
정확히 뿌려 정성을 다하리라.

결국 사랑도 씨앗 하나로 시작된다는 것을,
사랑하면서 알게 되었으니까.

히아신스 꽃을
바칩니다

하얀 미소를 흘리며 눈길을 주는
히아신스 꽃을 당신께 바칩니다.

하나는 사랑의 의미로
또 하나는 존경의 의미로
마지막 하나는 감사의 의미를 담아
당신께 바칩니다.

PART 1
당신은 언제나 나에게 설레는 첫사랑이다

가을비가
추적추적 내리니
주홍빛에 물든 잎새들이
땅바닥에 떨어져 밟힌다.

예쁜 모습 밟을까 봐
빈 공간을 찾아
조심조심 걷는다.

끌리는 시선은 마음을 움직인다.
사랑도 그렇다.

°그 안에
사랑이 있다

사랑은
살아 움직이는 동사다.
언제 어디서나 마음만 먹으면
눈에도 보이고 손에도 잡힌다.
따뜻한 눈으로
따뜻한 마음으로 그를 보라.
그 안에 사랑이 있다.

PART 1
당신은 언제나 나에게 설레는 첫사랑이다

누군가에게 깊숙이 물들어도
죄가 되지 않는 날이 허락된다면
희디흰 소금처럼
깨끗하고 순결한 모습으로 물들고 싶다.
다시 사랑할 수 있는 날이 온다면
나에게도 그런 날이 예정되어 있다면
주홍의 뜨거움으로 주저 없이 안기리라.

냉정과 열정 사이

과거에 집착하여 한 걸음도
나아가지 못하게 하는 냉정과
현재를 충실히 살아가며
한 걸음 더 나아갈 수 있도록 하는 열정
그 사이에 당신과 내가 있다.
과거라는 추억 속에 우리는 머물지만
나는 당신의 마음속에 당신은
나의 마음속에 머물고 있어
우리의 미래 약속은 이루어지리라.

그리움이 많아
어지럽던 겨울바다
눈 온 뒤 마알간 웃음으로 반긴다.

너를 보내고 돌아오는 길
하늘은 시리도록 파랗고
전화벨은 더 이상 울리지 않았다.

세상은 여전히 같은 모습
내 마음속엔 석양의 기인 그림자처럼
그리움만 쑤욱 올라온다.

나는 누구의 가슴속에
있는 것일까?

새벽 2시 싸한 공기를 들이키며 나는 생각한다.
내 삶을 의미 있게 만드는 단 하나는 무엇일까?
'사랑' 그렇다면,
나는 누구의 가슴속에 있는 것일까?
내 마음속에 교만과 자만, 고정관념과 선입견을 다 내려놓고
겸손한 마음으로 다가간다면 나에게도 꽃피는 봄이 시작될까?

PART 1

당신은 언제나 나에게 설레는 첫사랑이다

얼마가 지나야 내 마음에 그리움이 줄어들까.
얼마가 지나야 내 마음에 기다림이 줄어들까.
얼마가 지나야 내 마음에 사랑의 감정이 가라앉을까.

사랑을 선택하는 순간이 찾아왔다.

일 년을 산다면 능력 있는 사람, 잘난 사람을 선택하는 게 맞다.

그러나 평생을 바라보며 살아야 하기에

능력 있는 사람, 잘난 사람보다는

나에게 맞는 사람을 선택해야 한다.

한쪽이 일방적으로 사랑하는 관계가 아니라

내가 사랑하는 그 사람이 나를 사랑할 때

행복감이 최고가 될 테니까.

사랑이라는 것은

누구를, 언제, 얼마나 오랫동안 사랑하는가가 중요하지 않다.

현재 내가 사랑하는 사람과

나를 사랑하는 사람이 일치되는 것이 더 중요하다.

수직의 관계가 아니라 수평의 관계라야

서로에게 힘이 되고 의지가 되는 관계로 발전할 테니까.

온전히 오래도록 사랑하는 사람으로 곁에 두고 싶다면

비교하지 말아야 하는데

세상의 반은 여자고, 남자이니까 쉽지 않다.

비교는 상처를 남기고 비교의 끝은 불행이다.
누가 무엇을 소유하고 있든, 무엇을 어떻게 하며 살아가든
내가 사랑하는 사람과 비교하지 말아야 하는데
그것을 극복하는 것이 사랑의 힘이겠지.
그래, 최고의 능력을 갖춘 사람이라도 알고 보면
결핍을 안고 있으니까.
처음 선택한 그 모습을 그대로를 지켜주는 것이
온전한 사랑이니까.

지켜가자.
매일매일 더 많이 깊이 애정하면서.

누구나 한 번쯤
잊지 못할 사랑을 갈망한다

사랑, 써 놓고 가만히 들여다보아도, 소리 내어 읽어도

먹먹해지며 아련하게 수많은 음표가 그려진다.

새로운 것에 대한 혼란, 미세한 떨림

내장까지 흔들어 놓는 광기의 시간

모든 것의 처음이고 끝인 사랑은 그렇게 온다.

유일하다.

모든 존재의 지위를 뛰어넘어 유일한 사람

외롭고 적막한 세상에 나를 휘감은 한 사람을 향한 치열한 몰입

기꺼이 죽음까지도 수용하는 잔혹한 것이 사랑이다.

살면서 얼마나 더 '사랑'이라는 단어를 쓸까?

몇 사람에게나 '사랑'의 주문을 걸며 마주할까?

새벽별처럼 영롱하게 빛나는 사랑

살아가는 동안 몇 명의 예정된 인연과 만나 사랑을 나눌 것이며

몇 명과 진심을 주고받으며 사랑을 할까?

생명 자체가 유한한 것이기에

사랑도 잠시 머무는 바람일 뿐이라 생각하면

집착도 하지 않을 텐데.

그러면서도 바란다. 천천히 깊게 함께 물들며 동화되기를.

그러면서도 기다린다. 거룩한 수락이 이루어지길.

내가 하는 사랑은 영원하길 바라는 그 무엇

서로에게 불멸로 남고 싶은 욕망의 팻말이다.

그것은 엄중하고도 내밀하며 단단한 결속력을 가진

둘만의 신성한 약속이다.

세상 어떤 약속보다도 평화로운 위안을 선물한다.

상대에게 '사랑'을 주문한다는 것은 자기 확신이 있어야 한다.

사랑하는 대상에게 하는 모든 질문은 결국

자신을 향한 것이기 때문이다.

순수하고 정직하게 끌어당기며 스며드는 잊지 못할 사랑을

누구나 한 번쯤 갈망한다.

진주처럼 고통도
품어야 해요

문득 파란 하늘에 무지개를 보았을 때

사랑하는 사람이 떠올랐다면 전화해야지.

그 사람도 나를 생각해서 서로 텔레파시가 통할지도 모르잖아.

기회는 폭풍과 같아서 한 번 지나가면 다시는 돌아오지 않아.

'보고 싶다, 사랑한다'를 자주 표현해야 해.

사랑한다고 해서 항상 행복한 건 아니니까.

기쁨만큼 견뎌내야 할 아픈 순간도 찾아오니까.

아름다운 보석 진주를 생각해 봐.

조개가 고통을 참고 품어줘야만 값진 진주가 탄생하잖아.

진주는 조개의 눈물이잖아.

사랑이라는 보석을 위해서는 고통스러운 짐을 짊어져야 해.

함께 묵묵히 견뎌내야 해.

때로는 대화의 소통법으로

때로는 침묵의 소통법으로 풀어야 해.

앙금이 수북이 쌓이기 전에 털어내야 해.
그것이 오래도록 사랑을 지키는 방법이니까.

화려한 빛을 품는
샹들리에처럼

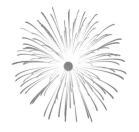

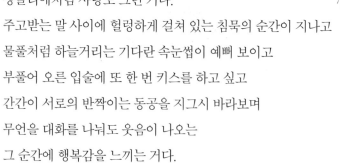

여러 개의 전등이 조화를 이루어 화려한 빛을 품는
샹들리에처럼 사랑도 그런 거다.
주고받는 말 사이에 헐렁하게 걸쳐 있는 침묵의 순간이 지나고
물풀처럼 하늘거리는 기다란 속눈썹이 예뻐 보이고
부풀어 오른 입술에 또 한 번 키스를 하고 싶고
간간이 서로의 반짝이는 동공을 지그시 바라보며
무언을 대화를 나눠도 웃음이 나오는
그 순간에 행복감을 느끼는 거다.
아주 짧은 3분 내외에 애정이 최고로 융합이 되어
불꽃을 피우는 거다.

최고의 카타르시스, 그 하나로 새로운 세상을 살게 되는 거다.

한 사람을 들었다 놨다, 밀었다 당겼다 하며

몰입하고 집착하고 구속하게 되는 거다.

사랑은 눈으로 들어와서 가슴으로 느껴지는 '무엇'이니까.

가장 중요한 것은 느낌, 즉 마음의 겹침이다.

마음의 겹침이 오가면 조금의 오해도 이해로, 배려로, 용서로

나아가서는 커다란 희생까지 감수하게 된다는 거다.

그게 사랑의 힘이니까.

이름 하나의 힘

아침에 눈을 뜨면
가장 먼저 떠오르는 선명한 이름 하나
잠들기 직전
마지막으로 떠오르는 선명한 이름 하나
그 사람이 존재하는 이유만으로
살아가는 이유가 된다.

사랑의 힘은 그런 것이 아닐까?

PART 1
당신은 언제나 나에게 설레는 첫사랑이다

나는 어디로
가고 있는 걸까요

짧은 빗줄기가 훑고 지나간 하늘에
욕심 없는 새털구름이 덩실덩실 춤을 춥니다.
회색빛 빌딩 숲 속에는 낯선 것들이 빠르게 움직입니다.
잡힐 듯 잡히지 않는 자유로운 상념이 쑤욱 고개를 내밉니다.
지금 나는 어디로 가고 있는 걸까요.

PART 1
당신은 언제나 나에게 설레는 첫사랑이다

그리움에
목이 메입니다

보고 싶다는 말보다
사랑한다는 말보다
더 간절한 말이 있을까요?
목젖까지 차오르는 그리움에 목이 메입니다.
당신이 그립다는 말을,
당신을 사랑한다는 말을 힘들게 토해냅니다.

첫눈에 걷잡을 수 없이 빠진다는 말
당신은 이해할 수 있어?
당신 없이 숨조차 쉴 수 없어.

영화 〈필링 미네소타〉 중에서

저기, 간이역으로
출발합니다

새벽에 기차 소리를 듣습니다.
어제는 떠나지 못했습니다.
오늘은 용기를 내어 떠나고 있습니다.
그 먼 종착역이 아니라
저기, 간이역으로 출발합니다.

더 진실 되게 깨닫기 위해

사랑도 기다림의 시간에 몸과 마음을 맡겨야 한다.

사랑도 반성의 시간이 있어야 겸손해지기 때문이다.

PART 2

나를 아프게
하는 것은
당신의 눈물이다

°선물

사라 티즈데일

나는 첫사랑에게 웃음을 주었고
둘째 사랑에게는 눈물을 주었다
셋째 사랑에게는 아주 오랫동안
깊고 깊은 침묵을 선물하였다

내게 첫사랑은 노래를 주었고
내게 둘째 사랑은 눈을 주었다
오, 그러나 나의 셋째 사랑은
내게 나의 영혼을 선물하였다

PART 2
나를 아프게 하는 것은 당신의 눈물이다

OUR LOVE IS LIKE THE WIND I CAN'T
SEE IT. BUT I CAN FEEL IT.

우리의 사랑은 바람과 같아서 볼 수가 없습니다.
하지만 느낄 수는 있습니다.

영화 〈워크 투 리멤버〉 중에서

°얼마나 견뎌야
내 운명과 해후할까

눈이 늘 젖어 있어 울지 않는 낙타
일생에 단 한 번 울다 죽는 가시나무 새
하루를 살기 위해 물속에서 천 일을 견디다
삼천 송이 꽃을 피우다
하루 만에 죽는 호텔펠리니아꽃
백 년에 단 한 번 꽃을 피우는 용설란
그게 그들의 운명이라면
나는 얼마나 견뎌야 내 운명과 해후할까.

산이 나무를 품었나
나무가 산을 품었나

풍경을 바라보고 마음으로 읽는다는 것은
내 자리를 정확히 깨닫고 있다는 것을
때론 고단하고
때론 환희에 찬 삶의 무늬도
흐르면서 성숙해가는 법.
눈앞을 막아서는 욕망에서 벗어나면
하얗게 높이 멀리 날아오를 수 있으리라.

내가 갈망하는 그곳,
당신이 갈망하는 이곳에도 닿지 않길

세상을 배회하다 돌아온 먼지 가득한 영혼을 털고 햇볕에 말린다.

묵은 것들, 억지로 들러붙은 것들을 끄집어 내어도 끝이 없다.

까맣게 얼룩진 것들, 찌그러진 것들, 깨져버린 것들을

다 불러 모으니 반듯한 것 하나 없어 마음이 아릿하다.

메타쉐콰이어 숲길을 혼자 걷는다.

맑고 깨끗한 피톤치드 향을 맡으니

물안개로 젖듯 눈가에 이슬이 맺힌다.

자연 속에 들어오면 무엇 하나 소중하지 않은 것이 없다.

숲이 뿜어대는 들숨 날숨을 있는 그대로

받아들이는 내 몸이 날아갈듯 가볍다.

숲에 오면 사는 것이 순례 같아

죄 짓지 말아야겠다는 생각을 많이 한다.

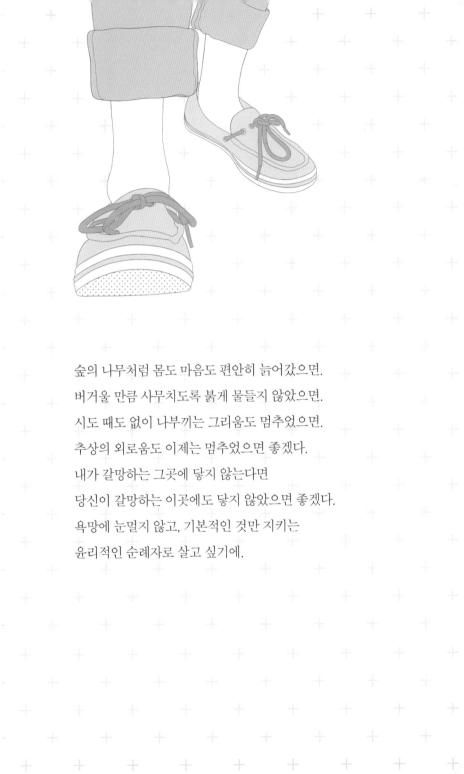

숲의 나무처럼 몸도 마음도 편안히 늙어갔으면.
버거울 만큼 사무치도록 붉게 물들지 않았으면.
시도 때도 없이 나부끼는 그리움도 멈추었으면.
추상의 외로움도 이제는 멈추었으면 좋겠다.
내가 갈망하는 그곳에 닿지 않는다면
당신이 갈망하는 이곳에도 닿지 않았으면 좋겠다.
욕망에 눈멀지 않고, 기본적인 것만 지키는
윤리적인 순례자로 살고 싶기에.

슬픔의 아리아 1

내 안에 잠긴 문이 열리면서 당신은 바람이 되어 찾아왔지.
당신은 어느새 나의 주인이 되었지.
난 당신이 이끄는 대로 순종하며
내 몸 구석까지 바람의 문신을 새겼어.
만나지 않아도 늘 내 곁에 있는 당신,
오늘은 당신이 아프다고 하는데
난 당신을 위해 아무것도 해 줄 것이 없어.
그저 속눈썹 위로 걸터앉은 눈물방울이 아픔을 위로할 뿐이야.
슬픔으로 가득 채워진 당신의 검은 눈동자
무채색으로 덧칠된 내 마음까지
오늘은 세상이 온통 슬픔이 내려앉아 무겁네.
당신, 아프지 마.
어쩌면 당신의 정원, 사랑이라는 아득한 포옹
가보지도 못하고 안아보지도 못하고 닫히는 것은 아닌지
영화 같은 사랑을 한 번쯤 흉내라도 내보고 싶었는데……
그게 안 된다는 거지.
참, 신중한 나에게도 흔들림이 찾아온다는 거, 우습지.

PART 2
나를 아프게 하는 것은 당신의 눈물이다

눈물… 기다림… 아픔… 미움…
그리고 보고픔이 어우러져 사랑이 되는 건가.

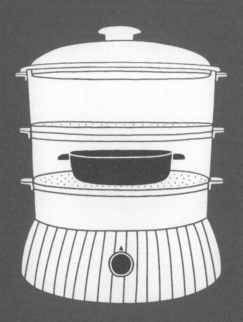

만남에도 이별에도 쉼표가 있듯이
사랑에도 쉼표가 있다면 좋겠다는 생각을 했어.
기다림이 너무 먼 것 같아. 그리고 내 사랑이 가여운 것 같아.
내 속울음이 너무 길 것 같아 사랑도 간이역처럼
잠시 쉬어갈 수 있다면 좋겠어.
그게 안 된다는 거 잘 알면서도 너무 힘드니까.
나를 위로하는 방법이 될 것 같아.
사람들은 취하지도 않고, 미치지 않고도 사랑을 쉽게도 하는데
내 사랑은 왜 이렇게 어긋나기만 하는지 무섭기까지 해.
바보 같은 사랑, 바보 같은… 나.
하지만 어쩔 수가 없다는 것이 나를 더 슬프게 해.
힘들게 강을 건너고 나서 후회하는 사람이 되어 버린 것 같아.
당신은 그 자리에서 우두커니 바라보고만 있고
나 혼자 물에 빠져 붉은 날갯짓을 하며 허우적거리는 것 같아.

슬픔의 아리아 3

며칠 나도 죽을 만큼 아팠어.

심장 속에서 주체할 수 없는 슬픔이 오래도록 흘러 나왔으니까.

봉숭아 꽃물 들듯 당신이 발갛게 물들여 놓은 내 맘.

다시 무채색으로 덧칠하기 위해

당신을 지우기 위해 노력을 했어.

하지만 잘 안 된다는 거 알잖아.

술을 마셔 당신의 기억들, 당신이 흘린 웃음,

당신의 목소리를 잊을 수 있다면

못 마시는 술, 죽도록 마셔 잊을 수 있다면 그렇게라도 하겠어.

두 뺨을 타고 흐르는 눈물은 슬픈 아리아.

칼라스의 마지막 절규 같아.

비는 내리지 않는데 당신의 향한 마음속의 비는

하루도 빠지지 않고 내리고 있어.

불 꺼진 당신의 창이 내게는 얼마나

어둡고 두려운지 아는지 몰라.

불 켜진 방 안에서 웃고 있는 당신의 실루엣을 보고 싶어.

당신의 웃음소리가 듣고 싶어.

웃음이 아니래도 엷은 미소만이라도 느끼고 싶어.

언제쯤 당신의 목소리를 들을 수 있을지.

°사무치도록
그리웠다

다투고 나니 한 계절만 있었다.
다투고 나니 한 밤만 있었다.
그 안에는 오롯이 나 혼자였다.
눈보라가 치고 별빛이 내렸지만
기다리는 사람은 오지 않았다.
지붕 위로 바람이 불고 비가 내렸다.
나는 배고팠고 슬펐다.

그럼에도 내 곁에는
한 계절만 있고 기나긴 밤만 찾아왔다.

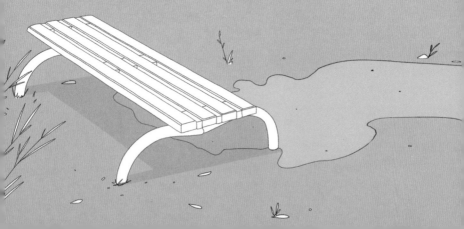

겨울 그리고 밤,
아무도 나를 찾지 않지만 고요해서 좋았다.
그러나 한 사람이 사무치도록 그리웠다.

나는 오늘도 연어샐러드를 만들었다

너무 익숙한 탓에 당연히 있을 거라 생각한 너는
프라하로 떠났다.
그리고 무수히 해가 뜨고 져도 돌아오지 않았다.
익숙하다 못해 습관이 되어버린
단 한 번의 너의 '띵동' 소리를 기다리며
네가 식탁 위에 올려둔 아이비 화분을 바라보며
1퍼센트 희망에 기대어 주문을 걸고 있다.

"영원이 아닌 내 마음이 놓아주기
전까지만 유효한 거라고."

그때까지 너를 위해 매일매일 연어샐러드를 만들 것이다.
나는.

아무리 사랑하는 사람이라도 아주 가끔 싫어질 때가 있다.
이런 순간엔 어찌할 바를 몰라 당황한다.
특히 자존감에 상처를 입었을 때는 스스로 자책할 때가 있다.
숨어들 곳을 찾아 몸을 피하고 싶다.
사랑하는 사람이 절망감을 안겨주었을 때는
'어떻게 하지?'라는 말을 내뱉는 것조차 잊는다.
마음 한편으로는 밀어내기도 하고
다른 한편으로는 붙잡기를 반복한다.
그러나 사랑하는 사람이 미워지면 머뭇거리지 말고 실컷 미워하자.

죽도록 미워하다 보면 마음이 담백해질 테니.
결과는 미워해서 괜히 미안해지거나 더 미워지거나 둘 중에 하나다.
분명 선명하게 다가오는 '무엇'이 있다.
밀어내든가, 더 앞으로 끌어당기든가
마음이 움직이는, 마음이 시키는 대로 내버려 두자.

바람이 말한다

말복이 가까운데도 나는 춥다.

바람이 말한다.

사랑하겠다며 버티던 날들이 다 지나간다.

지난 것은 언젠가 그리워진다고 바람이 말한다.

사랑할 가치가 있다고 소리치며 바람이 지나간다.

이별의 슬픔을 견디면 언젠가는 힘이 된다며 바람이 말한다.

사랑만이 힘이라고 믿었던 날들이 지나간다.

"그렇다"고 대답할 수 없어 귀를 막았다.

바람의 소리를 듣지 않으려고 눈을 감았다.

오늘처럼 지치고 힘겨운 날에는
멍한 우두커니가 된다.
울고 싶을 만큼 지치고 힘든 날
우연아, 우연아.
또 이렇게 흔들리고 물든다.
너에게 물든다.
백일홍 꽃물 되어 너를 향해 붉게 물든다.

나를 방목하고
싶은 날

한바탕 쏟아 내놓고 뒤처리는 미루는 사람
그럼에도 그립다.
너무 보고 싶었는데 다시 생각해 보니까.
너는 항상 내 안에 있었다.
내 안에 있는 너를 자꾸만 멀리서 찾으려 하는 나.
너를 사랑해서 외롭다.

한 번쯤 일탈을 꿈꾼다.
미친 듯이 춤도 춰보고
술에 절어 쓰러져도 보고
거리를 배회하며 큰 소리로 노래도 부르며
그냥 감정에 복종하며 본능에 충실하고 싶다.

후회할지라도 한 번쯤 나를 방목하고 싶다.
정글의 숲에.

귀환, 얼마의
시간이 걸릴까

오로지 바람에게 안부를 묻고
바람의 흐느낌으로 너를 느낀다.

여전한 떨림,
쉼표로 이어지는 가느다란 호흡소리
어깨마저 들썩인다.

바르르 떨리는 속눈썹 아래로
눈물 한 방울 걸터앉는다.

너에게로의 귀환,
얼마의
시간이 걸릴까

사랑하는 사람 때문에
흔들리거나 지칠 때에는

내가 사랑하는 사람 때문에 속상하거나
지쳐 흔들릴 때마다 마음을 다잡으며 듣는 노래가 있다.
'Eres tu'라는 노래다.
스페인 그룹 Mocedades(젊은이들)이 부른 노래다.
'Eres tu'는 스페인 말인데
우리말로 하면 '당신입니다'
영어로는 'It is you'가 된다.
내용을 보면 강한 희망과 용기 그리고 위로를 준다.
사랑하는 사람 때문에 울적하거나
마음이 갈대처럼 휘청거릴 때에는
숨어들 곳 찾아 실컷 울기도 한다.
좋아하는 노래를 큰 소리로 부르면
가슴이 뻥 뚫리듯 시원해진다.

노래가 때로는 상처받은 마음에 빨간 약이 된다.

음악은 비틀거리는 사랑을 위로해주는 힘이 있다.

그대, 지금 사랑 때문에 흔들리는가?

그렇다면 그대의 18번을 불러보라.

위로와 용기, 새로운 다짐의 기회를 안겨줄 테니.

그리움에 대한 유서를
아무도 읽을 수는 없었다

그렇게 되기로 정해진 것처럼 당신이 내 마음에 들어왔다.
나풀나풀 방 안을 떠돌던 그리움이 주인을 찾았다.
검은 커튼이 내려진 거실에서 블랙 드레스를 입고
고흐의 '별이 빛나는 밤에'를 연상하듯
뒤엉킨 머리의 한 여인이 나타났다.
샤르도네를 따라 마시며
라벨의 '죽은 왕녀를 위한 파반느'에 맞춰 춤을 추었다.

아무도 찾아올 리 없는, 흰 벽에 기대어
영혼이 기억하는 그리움을 몸으로 추었다.
한 사람에 대한 이별의 애도식은 1시간 동안 계속되었고
그녀는 쓰러졌다.
그리고 그녀의 그리움에 대한 유서를 아무도 읽을 수는 없었다.

겸손한
사랑이라면

사람에 있어 기다림은
너무도 길고 멀게 느껴지는 순간이다.
그러나 한편으로는 나를 돌아보는 깨달음의 시간이기도 하다.
과거와 현재를 융합하며 잘한 것, 못한 것을 반성하며
더 나은 내일을 약속하게 된다.

더 진실 되게 깨닫기 위해 사랑도
기다림의 시간에 몸과 마음을 맡겨야 한다.
사랑도 반성의 시간이 있어야 겸손해지기 때문이다.

사랑, 참 어렵다.

슬플 때는 기댈 어깨를 내어줄 단 한 사람만 바라면서

기쁠 때는 온 세상을 끌어안으려 하니까.

어찌 보면 한 사람을 사랑한다는 것은 순례의 길이다.

외로움을 견디고 고통을 이겨내며

또 다른 유혹을 뿌리쳐야 하니까.

사랑은 귀로, 눈으로 연애를 한다.

묘약이 되기도 하지만 독약이 될 때가 많다.

순간의 쾌락이 영원히 나 자신을 망칠 수 있기 때문이다.

사랑의 상처는 사랑 그 자체가 아닌, 욕심 때문에 생긴다.

욕심의 무게에 따라 흔들리고 싸우고 애증만 남기고 돌아선다.

한 번도 아파보지 않은 조개는 아름답게 빛나는

진주를 품을 수 없듯

사랑으로 동반되는 아픔을 견뎌내야 찬란하게

빛나는 열매를 얻을 수 있다.

어떤 사랑을 체험하든 흔적은 심장에 각인된다.

지속적인 사랑이든, 이미 끝난 사랑이든 흔적은 남으니까.

사랑함에 있어 가장 중요한 것은 주관적인 시각이 아니라
지극히 객관적인 시각으로 선택을 해야 한다.
선택한 후에도 욕망이 사람을 지배해서는 안 된다.
욕망이 커져 사람을 지배하게 되면 결국 실패하게 되니까.
사랑은 시작하기는 쉽지만 오래도록 지켜나가기가 어렵다.
죽도록 사랑하는 사이라도 생각의 '다름'이 있다.
눈앞에 '다름'이 확 들어올 때, 그때 위기가 된다.
진정으로 사랑한다면 그래서 놓치기 싫다면
'다름'의 간격을 좁혀야 한다. 둘이서 같이.
계산하지 말고 아낌없이 사랑하고
아낌없이 배려하고 아낌없이 희생해야 한다.
둘이서, 함께.
그 한계를 초월해야 자존감과 충일함 최고가 된다.
사랑의 고난을 극복하면 살면서 찾아오는 고난도
수월하게 지나간다.

가장 견디기 힘들어 포기하는 것이
사랑의 고난이다.
그래서 사랑, 참 어렵다.

상심, 우울에 빠지게
하는 말

책장을 넘기다가 느닷없이 종이에 손을 베여 피가 났다.
나풀거리는 종이에도 손을 베일 수 있다는 걸
미리 짐작하지 못했다.
다치고 아파야 그때 깨닫는다.
사랑도 마찬가지다. 사랑하는 사람의
고집스런 한마디가 심장에 비수처럼 꽂힌다.

"지금 뭐해?"라는 질문에 "바빠, 나중에……."라는
날선 대답에 종일 우울에 빠진다.

사람을 춤추게도, 울게도, 죽게도 만드는 게 사랑이다.
바쁜 시간일수록 사랑의 한마디가 고프다.

상심, 우울에 빠지게 하는 "바빠, 나중에……."라는
말은 듣지 않았으면 좋겠다.

사랑하는 사람이 나를
힘들게 할 때에는 1

사랑하는 사람이 나를 힘들게 할 때에는

무조건 참거나 가슴에 담아 삭이는 것이 최선이 아니다.

내가 뿜는 날숨을 그가 들이키지 않거나

그가 뿜는 날숨을 내가 거부하게 될 때에는 힘들어진다.

그때가 오면 충돌이 발생하기가 쉽다.

그럴 때에는 잠시 그를 떠나 혼자 응어리를 풀어야 한다.

아무리 사랑하는 사람이라도 여백이 필요하니까.

장석남 시인의 쓴 시(어찌하여 민들레 노란 꽃은 이리 많은가)에 보면

이런 문구가 있다.

막대기로 연못물을 때렸습니다

축대 돌을 때렸습니다

웃자란 엉겅퀴를 때렸습니다

말벌 집을 때렸습니다

사랑을 때리듯이 때렸습니다

아무리 사랑하는 관계라도 마음과 마음의 경계에 서면
모든 것이 낯설다.
혼돈, 소란, 방황, 흔들림, 의심, 질투, 분노 등이 뒤섞여 나타난다.
사랑 안에도 사계절이 있어 가끔 이질적인
마음의 소란 때문에 흔들린다.
알콩달콩 사랑을 나누는 꽃피는 봄이 있는가 하면
곁에 있는데 얼음처럼 한기가 느껴지는 겨울이 있다.
'춥다, 덥다'처럼 사랑의 온도도 가슴의 느낌에 따라
'좋다, 싫다'의 반응이 온다.
서로의 마음속에 완전히 들어가지 못하고
경계에서 사랑을 나눌 때 이런 현상이 벌어진다.

사랑하는 사람이 나를
힘들게 할 때에는 2

사랑하기는 하는데 왠지 멀게 느껴지고 낯설게 다가오면
마음속에 들어가지 못하고 경계에서 맴도는 사랑
말로는 죽도록 사랑하는 사람이라 말하면서도 마음은 아프다.
온전한 사랑은 몸과 마음이 하나로 겹쳐져야
온전한 사랑이라 할 수 있다.
몸과 마음이 겹친다는 의미는 내 모든 것을 주어도
아깝지 않다는 느낌이 들고 행동으로 실천해야 하는 거다.
이런 사랑을 운명적인 사랑이라 할 수 있는데
소중한 것을 내어 주고도 아깝지 않고
더 내어 줄 것이 없어 미안해진다.
그런 사랑을 평생에 한 번 만날 수 있을까?
현실적으로 내 모든 것을 다 내어 주면서
사랑을 지키는 사람은 많지 않다.
내가 하나를 내어 주면 반드시 하나를
받아야 한다는 생각을 많이 한다.
사랑에 '거래'나 '계산'이 깔려 있다면 오래가지 않는다.

사랑의 시작도 나의 선택이지만 끝도 나의 선택이다.

서로의 대화(소통)로 힘들어질 때에는

홀로 생각하는 시간을 가져야 한다.

느슨해진 마음을 잡아당겨 매듭을 묶어야 한다.

정확하고 냉정하고 무엇보다도 선명하게 사랑을 보도록.

무엇이든 홀로일 때 가장 선명한 '무엇'이 보이니까.

지금, 마음에 선(線) 하나를 긋고,

온전한 사랑을 거부하지는 않나?

그건 진정한 사랑이 아니라 게임을 즐기는 '유희'에 불과하다.

진정으로 서로를 느끼고 싶다면 마음의 빗장을 풀자.

아무 때나 넘나들 수 있는 둘만의 물길을 만들자.

이것저것 따지지 말고 흐르도록 열어 두자.

내 마음의 문부터.

어렵게
생각하지 말자

한 번의 이별을 실패로 여기지 말자.

이별할 수도 있고 다시 만날 수도 있다.

실패가 두려워 다시 사랑하지 않는 것이야말로

최악이 실패가 된다.

헤어지면 다시 만나면 되고

만나서 마음의 스위치가 일치하면 사랑하면 된다.

사랑해서 행복하면 결혼하면 된다.

사랑과 이별을 어렵게 생각하지 말자.

아름답지만 잔인한 운명이 사랑이라는 것

사랑을 위해 나를 던질 수 있을까.
한 남자의 미소를 얻기 위해 나의 전부를 걸 수 있을까.
한 남자의 평화를 위해 수십 년을 희생할 수 있을까.
함께하는 그곳이 천국이든 지옥이든
차로 가든 걸어서 가든
마지막 한 걸음은 혼자 걷지 않으면 안 된다, 사실이다.
아무리 사랑하는 사이라도.
그래서 헤세는 '세상에는 단 하나의 마술,
단 하나의 힘, 단 하나의 행복이 사랑'이라고 했던가.
어쨌든 가장 아름답지만 잔인한 운명이 사랑이라는 것.

나 어디로 가나

돌아가리라. 돌아가리라.
다짐하면서 펑펑 내리는
눈을 맞고 있다.
걸어온 길이 보이지 않는다.
걸어갈 길도 보이지 않는다.

그칠 줄 모르고
쌓이는 눈을 바라보며
혼자 중얼거린다.
나, 어디로 가나.

얼마의 시간이
흘러야

얼마의 시간이 흘러야
그리움이 줄어들까?

얼마의 시간이 흘러야
외로움이 줄어들까?

얼마의 시간이 흘러야
모든 것이 담담해질까?

글썽이는 눈동자,
침묵에도 저 혼자 흔들린다.

운명적인 사랑은 그렇게
커다란 울림을 가지고 다가온다

사랑은 운명이다. 운명은 이해하는 것이 아니라 받아들이는 거다.

사랑은 운명이기에 누구에게는 주소와 수취인이 맞아

제대로 도착하지만

누구에게는 늘 수취인 불명이 되어 되돌아오는 거다.

운명적인 사랑은 단 하나의 목적인,

말캉말캉한 바다생물을 채집하기 위해

목숨을 걸며 수십 번의 숨비소리를

내뿜어야 하는 절박한 해녀가 되어야 한다.

기억에 없을 진 모르나 누구에게나 수백 번

심장을 '쿵쿵' 소리를 내며 들어오는 사람이 있다.

눈맞춤, 입맞춤 마음의 겹침으로

사랑의 숨비소리를 내뿜는 사람이 있다.

물론 현실과 이상이 제대로 융합되지 않아
일찌감치 밀어내어 시시해지고,
반대로 미치도록 애정해서 끌어안지만
고뇌하며 몸서리치게 된다.
죽도록 사랑해서 몸서리치게 되는 게 운명적인 사랑이다.
최고의 사랑은 약속을 하고 샤워를 하고
몸단장을 하고 만나기 직전의 1시간이다.

PART 2
나를 아프게 하는 것은 당신의 눈물이다

만약 네가 네 시에 온다면 나는 세 시부터
행복해질 거라는 어린 왕자의 한 구절이나
"내 가슴에 쿵쿵거리는 모든 발자국 따라
너를 기다리는 동안 너에게 가고 있다"는
황지우 시인의 시에서 나오듯 운명적인 사랑은
커다란 울림을 가지고 '쿵쿵' 소리를 내며 성큼성큼 다가온다.

행복과 마주하는 순간은
언제일까

누구처럼 돈을 많이 가져 사랑하는 사람을 위해
물 쓰듯 써야 행복하다는 사람이 있고
사랑하는 사람 앞에서 춤을 춰야 행복하다는 무희도 있고
사랑하는 사람이 보는 앞에서 노래를 해야
신이 난다는 사람도 있다.
나로 말하자면 밥 굶지 않고 내 안의 사랑하는 사람을 불러내어
조용히 텍스트 안에서 글을 쓰며 토닥거려야 행복을 느낀다.
물론 모두가 마음에서 우러나오는
진심 어린 사랑 안에서 이루어져야 한다.
어떤 사랑을 만나든 대단한 권력을 가지고
돈을 많이 가진 사람도
스스로 행복하다고 말을 하지 못하면 성공은 했을지 몰라도
사랑에 있어 행복하다고 단정 지을 수는 없다.

사랑 안의 행복은 지극히 주관적이고
추상적이어서 보여지는 것이 아니라
느낌 그 자체이기 때문이다.

사실 작가로 사는 나도 밥을 굶을 정도로 궁핍하다면
글을 써도 행복하지 않을 뿐더러
사랑하는 사람 자체가 부담이 될 거다.
사랑 안의 행복도 편안한 상태에서 스며드는
그 '무엇'이기 때문이다.
사랑하는 사람을 바라보면 그냥 웃음이 나고
보이는 모든 것들이 아름답게 느껴지는 상태,
그 순간이 행복과 마주하는 순간이 아닐까?

결국 사랑 안의 행복이라는 추상명사도
지극히 평범한 일상에서 마주한다는 거다.

방금 내가 던진 말,
그가 남긴 말이
누군가의 마음속으로 들어간다.

어떤 말은 사랑을 부르고, 어떤 말은 웃게 하고
어떤 말은 분노하게 하고 어떤 말은 이별을 안긴다.
말과 말이 섞여 햇살이 되고 비가 되고 바람이 되고
눈을 내리기도 한다. 말로 사랑을 하기도 하고 말로 이별을 한다.
둘 사이를 단단하게 조여주고 때로는 가볍고 헐렁하게 만든다.
똑같은 말이라도 상황에 따라 천사의 말이 되기도 하고
악마의 말이 되기도 한다.
세상이 무너지는 소리가 들리기도 하고
세상을 다 가진 느낌이 들 때도 있죠.
단 한 마디로 독을 마시기도 하고
나란히 누울 수가 있는 게 사랑의 말이다.
그럼에도 세상을 들어올리는, 나란히 누울 수 있게 하는
사랑의 말의 비밀번호를 정확히 아는 사람은 많지 않다.
하여, 일 년을 만나고 헤어지고 10년을 사랑해도 헤어진다.
가까울수록, 깊이 사랑할수록
사랑하는 사람에게 건네는 말은 열 번을 생각하고
내뱉는 게 옳다.

말에도
여백이 필요해 2

사람은 누구나 완전하지 않아 인내의 한계를
극복하기가 쉽지 않다.
마음이 평화로울 때에는 어떤 말도 받아들이게 되지만
감정이 조절되지 않을 때에는 단순한 한마디에 울컥 화를 낸다.
심하면 마음속에 쌓인 것들이 하나로 뭉쳐
돌이 되어 부딪치게 된다.
별거 아닌 것에도 짜증부리고 화내고 하는 거다.
나든, 그든 화가 나 있을 때는 기다리는 것이 좋다.
무엇이든 한 박자 느리게 반응하는 게 상책이다.
심할 경우에는 조금의 침묵의 시간을 가져야 한다.
침묵은 스스로를 돌아보는 성찰의 시간이기도 하니까.
혼자 있을 때뿐 아니라 함께 하면서도
침묵의 시간은 반드시 필요하다.
내가 그에게 건넬 말을 한 번 더 생각하는 신중함,
그리고 방금 그가 건넨 말에 대해 깊이 생각할 수가 있다.
깊은 사유가 사랑하는 사이에도 필요하니까.
쉽게 던진 말과 깊은 사유 후에 건네는 말의 차이는 크니까.

사랑한다는 말을 하더라도 그냥 '사랑해'보다
'어제보다 더 사랑해'라든가 '나만큼 사랑해'라는 말이
조금 더 진한 여운을 남기니까.
말을 건넬 때에는 조금의 여백을 남기는 것이 좋다.
침묵의 늪에서 마음을 울리는 사랑의 말을 만날 수가 있다.

내 기억 속의 무수한 사건들처럼
사랑도 언젠가 추억으로 그친다는 것을 난 알고 있었습니다.
그러나 당신만은 추억이 되질 않았습니다.
사랑을 간직한 채 떠날 수 있게 해준 당신께 고맙단 말을 남깁니다.

영화 〈8월의 크리스마스〉 중에서

갈수록 자로 재고
무게를 단다.
두렵다.
이런 현실이.

살다 보면 알게 된다.

정글 같은 세상에서 행복하게 살아가려면

해야 할 일, 사랑하는 사람, 희망하는 것이 필요함을.

PART 3

가끔은
곁에 있어도 당신이
미치도록 그립다

당신을
만나기 전에는

파울라

당신을 만나는 것이
이렇게 큰 기쁨인 줄은
정말 몰랐습니다

자연스런 대화와 변함없는 애정과
그토록 완전한 믿음을 경험하게 될 줄은
정말 몰랐습니다

내 자신을 바침으로써
더 많은 것을 받게 될 줄을
정말 몰랐습니다

사랑한다는 말을 하게 될 줄을
당신에게 그 말을 하게 될 줄을
그 말이 그토록 깊은 뜻일 줄을
예전에는 정말 몰랐습니다

PART 3
가끔은 곁에 있어도 당신이 미치도록 그립다

사랑에 빠지는 것은 사랑을 유지하는 것보다 쉽다.
It's much easier to fall in love than to stay in love.

아프리카 속담

숨어 우는
기다림

양파 껍질 벗기듯
기다림 하나 벗겨보니 무언가 숨어 울고 있다.
더 많은 기다림이 켜켜이 숨어 울고 있다.

그리움은 정말 먼 곳에 있나 보다.

기다리는 것도
연애의 과정이니까

내가 나의 살을 벗겨 한 번 더 붉은 편지 쓸까 봐
바람이 몰래 와 손 편지를 창밖으로 날려버렸다.
그래, 바람도 허락하지 않는 거라면 참아보자.
기다림이 끝날 때까지.

견디는 것도, 기다리는 것도 연애의 과정이니까.
믿자. 나를, 그를.
하느님을 믿듯 믿고 기다려 보자.
찬란한 기다림이 황홀한 폭죽이 되도록.

만나리라, 우리가 머무는
시간으로

"기다릴 거야. 당신이 올 때까지."

그렇게 생각하면서 나는 당신을 기다리며 살고 있지만

"돌아갈 거야. 당신이 있는 시간으로."

그렇게 생각하면서 당신은 살고 있는지도 모른다.

'시간 여행자의 아내'의 영화 속 대사처럼.

우리가 인연이라면 언젠가는 꼭 만나리라.

지금처럼 그늘이 없는 웃음소리를 환하게 터뜨리며

나란히 푸른 하늘을 올려다 볼 수 있으리라.

만나야 할 인연이라면 만나리라.

우리가 머무는 시간으로.

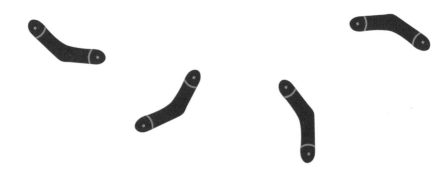

PART 3

가끔은 곁에 있어도 당신이 미치도록 그립다

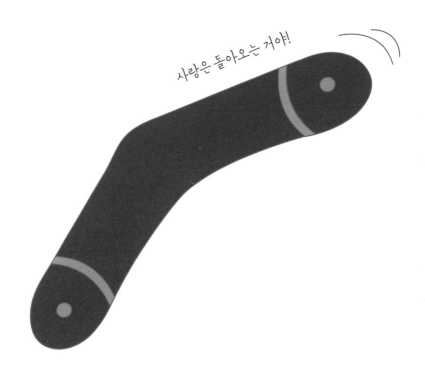

사랑은 돌아오는 거야!

귀가(歸家)하지 못한 그

밤 12시
가로등 불빛 아래 긴 그림자 끌고
집으로 가는 사람을 보니 아리다.
아무리 애써도 귀가하지 못해 서성이는
내 사랑 같아 눈물겹다.
어떻게 사랑해야 빛나는 별 하나 품에 안을까.

사랑이 이토록
매운 걸까

그가 출장을 간 후에 잠도 설친다.
한밤중에 혼자 깨어 보니
세상의 온도가 다 내려간 듯 으슬으슬 춥다.
세포와 세포 사이, 뼈 마디마디에
얼음을 채운 듯 시리고 아프다.
혹한기 매서운 미시령 바람이 내게로 몰아친 것 같다.
머리부터 발끝까지 맵다.
사랑이 이토록 매운 걸까.

고독보다
어려운 것은

오래도록 고독 속에 살아선지 모르지만
고독할 때 가장 순수하고 강해지는 것 같다.
고독은 견디기 어려운 것이지만 고독이 습관이 된 나에게
고독을 견디는 것보다 더 힘든 순간은
많은 사람들 속에 있을 때다.

나에게는 군중 속에 머무는 순간이
외롭고 고독하다.
그것이 낯설고 견디기 어렵다.

PART 3
가끔은 곁에 있어도 당신이 미치도록 그립다

가끔은 추상의 것에
기대어 운다

살다 보면 모든 게 귀찮아질 때가 있다.
부모도, 자식도, 사랑하는 사람도,
친구도 짐이란 생각이 들 때가 있다.
오늘이 그런 날이다.
깜깜한 섬에 나 혼자 덩그러니 던져진 느낌이다.
습관처럼 기대어 울었던 곳은
낡은 노트북을 안고 2평 남짓한 다락방이었다.
나만의 숨겨진 공간에서 실컷 울었더니
무릎담요를 뒤집어쓰고 키보드를 토닥거리던
핏기 없는 나약한 여인은 사라지고
몰입하며 정직하게 일하는 가난한 작가가 보였다.
나는 늘 힘든 시간을 작은 다락방
그리고 나의 유일한 보호자 텍스트에 기대었다.
나를 위로하고 나를 일어서게 하고, 춤추게 하고
살아가는 이유를 만들어주는 것은
분명 사람이 아닌 공간 그리고 내가 하는 일,
텍스트일 때가 많다.

사람이 사람을 위로할 수 없는 것을
추상의 것들이 대신할 때가 있다.

견뎌야 하는 존재의
서글픔 때문에

애틋한 사랑의 빈자리를 채워나가는 중에
마주하는 사실들 앞에서,
그때 왜 그랬는지 이해하려 애쓰며
혼자 끄덕일 때마다 슬프다.
이제는 '없다'는 사실보다도 반드시
견뎌야 하는 존재의 서글픔 때문에
코끝에 스미는 익숙한 냄새는 이렇게 불쑥
함께 머문 커피하우스로 데려다 놓는다.

희망과 절망 사이

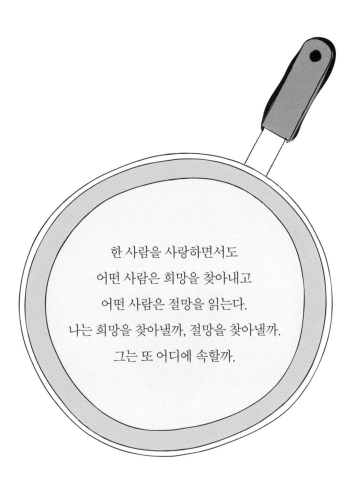

한 사람을 사랑하면서도
어떤 사람은 희망을 찾아내고
어떤 사람은 절망을 읽는다.
나는 희망을 찾아낼까, 절망을 찾아낼까.
그는 또 어디에 속할까.

새는 알을 깨야 나온다. 알은 세계다.
태어나려는 자는 한 세계를 부수어야 한다.

사랑의 주인공이
되기 위해서는

헤르만 헤세의 《데미안》에 나오는 말이다.

어쩌면 사랑도 어떤 세계다.

그 세계 속에 두 사람이 주인공이 되어야 사랑은 아름답다고 할 수 있다.

주연이 아닌 조연으로 사랑이 이어진다면

'비교'와 '의혹' 더 큰 '욕망'의 휘둘림에 견디지 못한다.

결국 꽃피워보지도 못하고 죽어버린다.

그 어떤 바람에도 휘둘리지 않으려면

사랑의 선입견인 '비교, 의혹, 더 큰 욕망'이라는

사랑의 선입견인 알을 깨뜨려야 한다.

스스로 그것을 깨뜨리지 못하면 사랑은 작은 바람에도 흔들려 넘어진다.

사랑도 없던 길을 만들어가는 거다.

사랑은 개척하는 것이다.

내가 사랑에 끌려가는 것이 아니라

사랑이 나를 따라오게 이끌어야 한다.

조연이 아닌 주연이 되어야 쉽게 흔들리거나

바람 되어 떠나가지 않는다.

사랑의 찾고, 지키는 힘은 부수고 변화하며 끝없이 진화해야 한다.

잠시라도 멈추지 않고 '사랑의 세계'를 위협하는 벽을 허물어야 한다.

둘이서 함께. 사랑의 주인공이 되기 위해서는.

걱정이 밀물되어
밀려오는 날에는

행간에서 춤을 추기 위해 일어나는 새벽 2시

경기가 안 좋다는 뉴스에 생각이 많아진다.

사랑도 생활이 안정돼야 나눌 수 있는데 답답해진다.

나 때문에 그가 아프고 힘들어질까 봐 걱정이 된다.

걱정이 많아지니 별 생각이 다 든다.

걱정인형을 베게 밑에 두고 자면 해결될까.

나 때문에 놀라면 그 사람 눈물로 변해 버린다는

스쿠온크 새가 되지 않을까.

별 생각이 다 든다. 이럴 때는 아버지가 살아계셨으면 좋을 텐데.

걱정이 밀물되어 밀려오는 날에는

'이럴 때는 이렇게 하고, 저럴 때는 저렇게 하라'시던

아버지의 충고가 간절해진다.

부딪히며 부대끼며 이해하고 성숙해가던

사람 사이의 관계, 질서가 그립다.

길 위에서
길을 잃었다

당신에게 가는 길 위에서 길을 잃었다.
얽히고설킨 길이 너무 많아 비틀거렸다.
미처 전하지 못한 말들이
아쉬운 과장법 되어 바람에 흩날리고.

늦은 후회가 길을 막으며 말했다.
지나온 모든 길을 잊으라고. 바람이 된 길이든
별이 떨어진 길이든
그래야 새로운 길을 만날 수 있다고.

삶의 이유

바람이 운다.
구름도 운다.
결국 하늘이 운다.

소나무가 흔들린다.
세상이 흔들린다.
내가 많이 흔들린다.

그럼에도 불구하고 이겨내야 해.
내 영혼을 껴안고 있는
내 몸이 쓰러지지 않도록
때로는 '견딤'과 '이김'이 삶의 이유니까.

후회를 적게 하는
마지막 사랑을 하려면

비록 내가 사랑하는 그 사람이 마지막 사랑이 아니더라도
사랑하면서 마지막 사랑을 만나러 가는 과정이라 생각하자.
눈물이 가는 길을 막아선다 해도
스스로를 위로하고 응원하며 가자.
몸도 마음도 충분히 성숙하면 마지막 사랑을 만나게 될 테니까.
무게도 달지 않고 모든 것을 다 거는
최고의 사랑을 만나게 될 테니까.
그때까지 들숨 날숨 조절해가며 지치지 말고 가자.
누군가는 그랬다.

사랑하는 사람을 등에 업고 가겠다는
다짐을 하는 것이 사랑이라고.

사랑한다면 팔이 저려 오고 허리가 끊어질듯 아파도
내려놓지 않고
그 사람의 모든 것을 고스란히 짊어지고 가야 한다.
아무리 사랑한다 하여도 나만큼
아니 나보다 더 사랑하지 않으면

그 사람의 짐까지 짊어질 수는 없다.

물론 두 손 잡고 웃으며 걷는 시간도 많겠지만.

그러나 진심으로 사랑한다면 아낌없이

인내하고 배려하자.

아침 없이 이해하고 용서하자.

장밋빛 꽃길이든, 가시밭길이든 한결같은 마음으로 가자.

그 선택을 하게 되는 사랑이 나의 전부를 거는

최고의 온전한 사랑

후회를 적게 하는 마지막 사랑이 될 테니까.

사랑이 안겨주는 행복은
어디서 찾을까

인생이라는 학교는 오로지 '행복'에 대한 숙제만을 가득 안겨 주는 것 같다. 생각해보면 사랑도 그렇다. 건강하고 남에게 손 벌리지 않고 밥을 먹고 차를 마시고 영화를 보고 때로는 섬으로, 산으로 여행을 갈 수 있을 정도의 여유가 되어야 행복의 목적어 중의 하나, 사랑을 가질 수가 있다.

몸이 아무리 건강해도 일을 해서 돈을 벌지 못하면 사랑은 사치일 뿐이다. 돈이 있고 능력이 있어야 사랑의 주도권을 잡고 이끌 수가 있다는 거다. 그래서 사랑도 공평하지 않은 얘기다.

두 사람이 무인도에 살면서 고기를 잡고, 나물을 채취하고 옷을 만들어 입고, 무엇이든 자급자족의 생활을 하지 않는다면 돈 없이 사랑한다는 것은 거짓말이 된다.

사랑이 안겨주는 행복도 지극히 평범한 만족이다. 일상이 편안해야 만족을 느낄 수가 있다. 분명 사랑의 만족은 '보임'이 아니라

'느낌'이지만, 사랑이라는 추상명사도 결핍을 좋아하지 않는다는 것, 그 사실을 인정해야 능력을 가진 사람으로 태어나기 위해 노력하게 된다.

사랑을 시작할 때 지극히 개인적인 생각이지만 비대칭, 신데렐라 같은 인연이 아니라 그냥 비슷한 환경의 사람들끼리 만나야 스트레스를 많이 받지 않는다. 특별한 사람은 특별한 사람끼리, 적게 가진 사람은 그 안에서 사랑을 찾아야 사랑의 저울이 평형을 이루어 힘들지가 않다.

결국 사랑도 세상이 만들어놓은 기준 '빈익빈부익부'에 따라 오고 가는 것인지 모르지만 안타깝게도 돈이 사랑을 안겨주는 슬픈 세상에 살고 있다.

이 순간에도 세상은 소리친다.

사랑을 가지려는 자, 가장 먼저 능력을 갖추라고.

바람이 분다. 떠나야 할 시간이 온 것 같다.

나 혼자만의 외출은 나에게 많은 생각을 하게 한다.

외로운 만큼 편안함도 있다.

아프지 않기 위해 밥을 먹고 외롭지 않기 위해 영화를 보고

고독을 즐기기 위해 베토벤을 만난다.

한두 시간 그렇게 머물다 보면

시간의 흐름을 느끼고 마음도 편안해진다.

글을 쓰면서부터 철저한 고립 속에 홀로 견뎌야 할 때가 많다.

오래도록 그렇게 살았다.

오늘도 견디기 위해서 나는 외출을 한다.
이른 아침부터 무작정 목적 없이 걷고 또 걷는다.
어쩌면 내 안에 비워져 있는 공간을 그 무언가로 채우기 위해
그 무언가를 찾기 위해 떠나는지도 모른다.
내 안의 빈 곳에 수많은 인연이 스쳐가기도 하고
수많은 추억이 잠시 내 안의 공간에 머물다 간다.
풍화된 아주 오래전의 기억도 찾아들고
어제 만난 좋은 사람도 내 안에 머문다.
좋은 사람들이 내 안에 머물렀기에.
오늘은 좋은 느낌들로 가득하다.
밥을 먹지 않아도 배가 부를 것 같다.
지독히 고독해야 나를 정확히 알게 되고
나를 다스리는 법도 알았으니까.
온몸으로 비를 맞고, 바람을 맞고 추위를 맞으며
내가 깨달은 지혜다.

°외출 3

언제가 홀로 맨몸으로 세상에 왔듯이
언제인가 빈 몸으로 홀로 떠나야 한다.
그래서 혼자 사는 연습을 많이 한다.
때로는 깊디깊은 외로움의 강에 빠져 허우적거릴 때도 있지만
늘 나를 일으켜 세우고 나를 쓰러지게 하는 것도
나 자신이라는 것을 알기에
지금은 나를 다스리는 방법을 조금씩 알아가고 있다.
아주 힘이 들 때는 아픈 꿈을 꾸지 않기 위해 약을 먹기도 한다.
살아 움직이는 액체의 기억을
살아 움직이지 않는 고체의 기억으로 만들기 위해
각성제를 먹는다.
잠을 자는 동안만이라도 아픈 기억을 잊기 위해서이다.
그러곤 마지막으로 내 머리 속의 저장 탱크를
로그오프(log-off)로 맞춘다.
타인과 헤어지고 세상과 헤어지고
사랑하는 사람과도 잠시 이별한 후,
나 혼자 피안의 세계로 외출하는 이 순간이 참 행복하다.

°살다 보면

사랑을 소유욕과 착각하지 마라.
사람들이 생각하는 것처럼
당신은 사랑 때문에 괴로워하는 것이 아니라,
사랑의 반대말인 소유욕 때문에 괴로워하는 것이다.
생텍쥐페리《사막의 도시》중에서

살다 보면 알게 된다.
정글 같은 세상에서 행복하게 살아가려면
세 가지가 필요하다는 것을.
해야 할 일,
사랑하는 사람,
그리고 희망하는 것.

지나간 일이지만
한때는 누구에게나 한 번쯤 세상 무서운 줄 모르고
초원을 달리는 버팔로가 되어
겁 없이 날뛰던 시절이 있다.

시간에 쫓기며 미친 듯 떠밀리듯 달려가지만
살아갈수록 세상은 만만하지 않고
순간순간 예고 없이 찾아오는 낯선 배신 때문에 힘들다.

기다려도 오지 않는 내가 기대하는 것들, 기다리지 않아도
앞에 머무는 내가 기대하지 않은 것들 사이에서
참 많이 흔들리며 비틀거린다.

꿈을 향해 달려가던 수천 걸음보다
살기 위해 어둠의 터널에서 빠져나오는 한 걸음이 더 힘들었지만
불쑥불쑥 앞에 머무는 갈림길은
정직하게 살아온 시간을 송두리째 흔들어 놓기도 하지만

그럼에도 앞으로 나아가는 이유는 살아갈 이유가
충분히 남아 있기 때문이다.

생애 최고의 축제가 남아 있기 때문에
기다림을 기다리며 미친 듯 살아가는 거다.
조금씩 내려놓고 비우니 보이는 전부가 천국 같다.
곧 생애 최고의 축제도 시작되리라.
갈무리를 잘 하면.

가시는 봄이시여! 버거운 짐,
내 눈물 거두어 가시길

참 견디기 힘들었던 봄이 이제야 간다.
이런 봄이 나에게 두 번 다시 오지 않기를
가만히 엎드려 기도해 본다.

이 봄, 사랑한다는 이유로 버거운 짐을 어깨에 짊어지고 살았다.
거부하면 그 사람이 나보다 더 힘들어질까
'내 몫이다' 생각하며 끌어안았는데 엎어지기 직전이다.
하나를 주면 더 큰 하나를 내어 놓아야 하는 사랑
하나의 사랑을 얻기 위해 너무 많은 것을 잃었고
사랑한다는 이유로 앞으로도 더 많이 울어야 할 것 같다.

봄이 가시는 길에,
버거운 내 짐, 내 눈물 거두어 가시면 좋겠는데
사랑마저 거두어 가실까 그게 두려워진다.
부풀대로 부푼 사랑 내어 놓으라시면 어찌할까?
새로운 것으로 다시 부풀기에는 너무 멀리 와버렸다.
돌아서 가기에는 너무 깊숙이 들어와 버렸다.

가시는 봄이시여!

힘주어 바라옵길

버거운 짐, 내 눈물 거두어 가시길.

남은 생(生) 눈물로 절룩거리지 않게 보살펴 주시길.

외고집 하나의 사랑, 그 선택에 흔들림이 없기를.

그래서 더 큰 후회를 남기지 않고.

단단한 매듭을 묶을 수 있게 한 줌의 바람도 멈추게 하시길.

'선명한 나'와 '선명한 그'를 흔들지 마시길.

가시는 봄이시여!

힘주어 바라옵기를

버거운 짐, 내 눈물 거두어 가시길.

나와 그를 흔들어 놓았던 그 모두를 거두어 가시길.

나를, 그를 조금이나마 시험하고 흔들어 놓기 위해 쏟았던

달콤한 욕망, 유혹의 미소, 위선의 칭찬

그 모두를 거둬 가시길.

남 앞에서 강한 모습을 보여도 한없이 약한 사람
꼿꼿한 자존감에 상처를 주지 마시길.
하여, 선명하고 정확한 단 하나의 마침표를 찍을 수 있게 하시길.
한 사람을 정성으로 사랑하여 행복했노라고 말할 수 있게 하시길.
이 모두 당신 덕분이라 말할 수 있게 하시길.

그가 두고 간
심장 반쪽을 어찌할까

그가 심장 반쪽을 두고 간 것 같다.
그가 선물한 꽃바구니의 꽃들이 활짝 피었다.
사랑이 아니라 선언했던 것들이 생채기가 되어
심장을 두드린다.
울컥해지는 아침이다.
사랑이 아니라 여겼던 것들이
사랑임을 확인해준 것은 이별하고 난 뒤였다.
이별한 뒤에 지독한 사랑이 시작되었다.
어쩌면 몸은 보내고
마음은 보내지 아니하였으니 결박될 수밖에.
잔인하고 가혹한 형벌이다.
몸이 아니라 마음이 계절을 앓고 있다.
수시로 흔들리는 그의 여진

그는 떠나고 없는데
저 혼자 비틀거리는 몸부림을 어찌할까.
그가 두고 간 심장 반쪽을 어찌할까.

°두 개의 뿔처럼

'당신의 그리움'과
'나의 외로움'이
한 통 속에 두 개의 뿔처럼 떠 있다.

PART 3
가끔은 곁에 있어도 당신이 미치도록 그립다

당신은 왜 '나'만을 고집하고
나는 또 왜 '당신'만을 고집할까?

왜 사랑은 상대방이 곁에 없을 때 더 강렬해지는 걸까?

사랑도 예정된 순서에 따라
흘러가는 것일 뿐

사랑도 삶의 일부다.

올바른 선택이라 믿었음에도 사랑하다 보면 흔들릴 때가 있다.

비교의 거울 속에 내게 이로운 쪽으로 합리화시키기도 하고,

내 의지와는 상관없이 타인에 의해 상처 받으며 아프게 흔들린다.

또 어느 때는

"내가 왜 그랬을까? 조금만 더 신중하게 행동할 걸"하며

스스로 자책하고 책망하며

의식적으로 흔들림 속에 빠져들기도 한다.

사랑도 삶의 일부인지라 미세하지만 흔들림의 연속이니까.

그 흔들림 속에서 고뇌하고 방황하다 중심을 잡아 멈춰서고

끊임없이 흔들리고 멈추기를 반복하며

내가 바라는 사랑의 종착역으로 흘러간다.

한 사람을 만나 사랑하며 좋은 일, 나쁜 일,

즐거운 일, 우울한 일 함께 견디며 헤쳐 나가야 한다.

선택한 것에 대한 책임을 다해야 하니까.

가시밭도 내가 선택한 길이고 꽃밭도 내가 선택한 길이니까.

웃으며 걷다가도 도랑에 깊이 빠져 허우적대는 것,

그게 사랑이니까.

웃다가 울다가 화내다가 의심하다가

질투의 언어를 한꺼번에 쏟아내며

이별 선언을 반복하는 것, 그게 사랑이니까.

그러면서 사랑의 제 짝을 찾아가는 거다.

그럼에도 사랑해야 할 수백 가지 이유보다도

사랑하지 말아야 할 단 하나의

선명한 이유 때문에 이별을 맞게 된다.

사랑도 예정된 순서에 따라 그런 힘에 의해 흘러가니까.

선명한
역할 찾기

생각해보니 사랑에 있어 만족은 생각이 아니라 실천이다.
돈은 행복한 사랑의 수단이 되어도 목적은 아니다.
돈이 목적이 되면 거래가 시작되고 거래의 끝은
선(善)과의 이별이다.
심하면 증오, 비하, 환멸, 혐오증까지 생긴다.
사랑의 슬픔도 취약함, 결핍에서 출발하고
밖에서 가져오는 것이 아니라 내안에서 시작하여 도는 것,
끊임없는 학습, 변화가 사랑의 갈증을 채워준다.
서로에게 충분한 역할을 하게 되면 만족도는 높다.
서로의 역할이 보잘것없어지면 빛을 잃게 되어 추락한다.

서로에 대한 선명한 역할이 인식되어야
오래도록 유지된다.
와인처럼 성숙된 사랑으로.

어떤 사랑은 옷깃만 스치다가 지나가고,
어떤 사랑은 몸을 삼켜버리고, 어떤 사랑은 영혼을 멍들게 했다.
사랑도 밥 먹듯이 잘 삼키고,
잘 씹어야 마음의 소화 작용이 가능하지 않을까.
지독한 사랑이 알려준 진실이 있다.
사랑도 경험이고 사랑은 정답을 갖고
사랑하는 것이 아니라
사랑하면서 정답을 깨닫게 되는 것이었다.

°이 그리움을
어찌할까

어쩌자고 이토록 사무치게 그리운 걸까.

여전히 치열하게 불붙고 있는

이 그리움을 어찌할까.

허락받지 않고 그리워한 죄

지는 석양 앞에 무릎 꿇고

끝없이 용서를 빈다.

사랑도 사랑 속에 살아야
생기가 넘친다

사랑도 오래 하다 보면 말이 없어진다.

서로를 다 안다고 생각하니까.

굳이 할 말이 없어지는 것 같다.

어쩌면 그것이 틈이 생겨 오해가 싹트는 게 아닐까.

사랑에 있어 침묵은 얻는 것보다 잃는 것이 더 많은 것 같다.

물속에서 파릇파릇하게 자라나는 아리안텀처럼

사랑도 사랑 속에 살아야 생기가 넘쳐난다.

사람에 있어 침묵, 그것은 죽음을 부르는 단어다.

보이는 것이
전부가 아니라고

그를 만나고 마지막 지하철을 타고 돌아오는 길
새우처럼 몸을 구부린 채 강남역 대합실에서
잠을 자는 노숙자를 보니 맘이 애잔했다.
"나는 과연 잘 살고 있을까" 하고
냉정하게 생각의 비교가 시작된다.
생각은 과거, 현재, 있지도 않은 미래까지 불러내어
빠르게 조합한다.
몸에 저장된 기억, 뇌에 인식된 것들까지 불러내니
총체적인 몸통이 파도처럼 밀려왔다 쓸려간다.
시간은 말없이 흐르면서 내 몸에 나이테를 더하고 있지만,
대합실을 걸어 나오는 10여 분의 시간 동안
몸과 뇌에 저장된 수십 년의 기억들을 불러내어
성찰하게 만들었다.
지문처럼 박혀 있는 비밀스런 기억까지 끄집어내어
아픈 기억에 잠시 울컥했다.
결국은 보이는 것이 전부가 아니라는 것.
노숙자는 노숙자대로, 나는 나대로의 그림을 그려가며
가고 있으리란 생각이 들었다.

기억도 기억하다가 잊다가 흐르면서
성숙하면서 나만의 풍경을 만들고 있으리라고.
생각, 행동을 저장하듯, 인식하듯
느리게 그려 나가고 있으리라고.
다만 오래도록 후회하는 어리석은 경험은 하지 않으리라고.
새로운 다짐의 순간이었다.

무소유의 마음, 그것이
집착을 애착으로 바꿔 놓았다

아프도록 두 눈에 꼭 담고 있는 것을 내려놓았다.
아프도록 두 손에 꼭 쥐고 있는 것들을 내려놓았다.
집착을 버리고 내려놓으니 평화를 찾았다.
마음의 평화를 얻으니 애틋한 마음도 깊어졌다.
사랑도 집착을 내려놓으니 마음을 얻게 되더라.
무소유의 마음, 그것이 집착을 애착으로 바꿔 놓았다.

사랑이란 결코 미안하다는 말을
해서는 안 되는 거예요.
Love means never having
to say you're sorry.

영화 〈러브 스토리〉 중에서

깊숙이 사랑하자

난 자신 있어.
그건 나만이 할 수 있는 사랑이야.
네가 걸을 때, 난 너의 발을 부드럽게 받쳐주는 흙이 될 거야.
네가 슬플 때, 난 너의 작은 어깨가 기댈 고목나무가 될 거야.
네가 힘들 때, 난 두 팔 벌려 하늘을 떠받친 숲이 될 거야.

영화 〈편지〉 중에서

숨이 멈춰버린
모든 것들을 깨어나게 하는 것은 사랑이다.
사랑은 살게 하는 이유를 만들어준다.
매혹의 빨간 장미는 이렇게 말하고 있다.

"깊숙이 사랑하라.
온몸이 출렁이듯 사랑하라"고.
내게 멈춘 유쾌한 시간을.
"몸과 마음이 기억하는 추억의 시간으로 만들라"고.
훗날 "후회와 미련으로 하얗게 깨어있지 말라"고.
매혹의 빨간 장미는 한여름의 햇살처럼
붉게 타들어가고 있다.

진실 되게 보살피고 새로운 다짐을 해야

아득하고 먼 초원의 집에 도착하게 된다.

한 사람을 사랑한다는 것은 순례의 길이니까.

PART 4

내 삶의
이유는
당신이다

다시 태어나도
그대를 사랑하겠습니다

J. 포스터

다시 태어나도
그대를 사랑하고 싶은 것은
한 번이라도 나를 위해 울어준 사람이
바로 그대였기 때문입니다
그대는 한 번도
그대 자신을 위해 울어 본 적이 없는
그렇게도 강인한 사람이었지만
이렇게 연약한 나를 위하여
눈물을 보여 주었습니다

다시 태어나도
그대를 사랑하고 싶은 것은
이제 내가 그대를 위해
울어줄 차례이기 때문입니다

LOVE HAS TAUGHT US THAT LOVE DOES NOT
CONSIST IN GAZING AT EACH OTHER
BUT IN LOOKING OUTWARD TOGETHER IN
THE SAME DIRECTION.

사랑이란 서로 마주보는 것이 아니라
둘이서 똑같은 방향을 내다보는 것이라고
사랑은 우리에게 가르쳐 주었다.

생텍쥐페리

°삶의 이유가
되는 사람

나를 바라보는 그 사람
내가 바라보는 그 사람

나를 아끼는 그 사람
내가 아끼는 그 사람

그 사람이 언제부턴가
기쁨이 되고 희망이 되고
삶의 이유가 되었다.

국밥을 먹다가

문막휴게소에서 콩나물 국밥을 시켜놓고 물끄러미 바라본다.
잠을 못 자 부스스한 내 모습에 울컥해진다.
터질 듯한 어떤 그리움이 창문에 투영된다.
꾸역꾸역 콩나물 국밥 한 그릇을 다 먹도록
한 사람이 내 앞에 머물렀다.

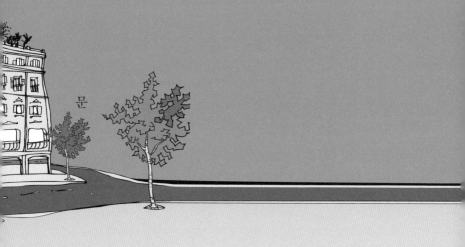
문

누가 볼까 어둠속에 비치는 흐르는 눈물을 차가운 주먹으로 쳤다.
그리움을 극복하는 길은 과거(추억)를 돌이키는 것이 아니라
현재(생활)에 몰입하는 건데 쉽지가 않다.
뿌리처럼 단단한 의지가 필요하다.

때로는
사랑도 사치

또 이렇게 생의 한가운데에서 누군가를 만나 웃고 운다.

하나 되다가도 낯선 이웃처럼 어색하다.

그리움이 습관이 되어도 악마의 수액 한 방울에 등을 돌린다.

그렇게 좁고 이기적이고 교만한 것이 사랑 아니던가.

차라리 처음부터 그걸 인정했더라면 기대치도 커지지 않을 텐데.

'이 사람은 다를 거야' 하며 미확인 인증 샷을 가슴에 찍는다.

그렇게 만남이 반복되고 익숙해질 무렵

끌다만 묵직한 현실의 수레바퀴가 눈앞에 아른거린다.

'보고픔'보다 '생활'의 무게가 무거울수록 사랑도 사치가 된다.

삶의 수레 위에는 묵직한 것들이 오르고 내린다.

너무 무거워 수레바퀴가 빠질 만큼
힘겨울 때가 있지만
오늘은 생활 짐을 조금 내리고
사랑 짐을 더 올려가며
스스로 능력의 한계점을 찾아가며
수레를 끌어간다.

'우리다운' 사랑을
이어가야 하는데

'간절함'으로 어느 날 나를 찾아온 사랑이

어느 날 갑자기 우연(Happening)으로 끝나버릴 것 같다.

둘이 한마음으로 정성을 기울여야

'우리다운' 사랑으로 태어날 텐데.

사랑을 그대로 방치하거나 물 흐르듯

흘러가게 두어서는 안 되는데.

끊임없이 변화를 주어 서로에게 맞춰가야

'우리다운' 사랑이 될 텐데.

비교와 의심, 더 큰 욕망이 아닌, 배려와 이해와 따뜻한 보살핌
그리고 작은 희생이 '우리다운' 사랑을 이어갈 텐데.
끊임없이 준비하고 변화하고 진화해야 곁에 머물 텐데.
그 모든 것을 인정하고 실천하기가 두려운 법.
사랑도 어찌 보면 선택이고 선택에 의해 운명은 결정된다는 것,
그 사실이 두렵다.

나는 나에게
취한다

그리움이 밀물되어 덮치는 새벽 2시
나는 나에게 취하기 위해
나는 나를 갱신한다.

어제의 생각, 행동을 조금씩 바꿔가며 취한다.
만기된 카드의 유효기간을 갱신하듯
진실과 겸손으로 직조된 새로운 나로 태어나기 위해
수행하듯 깊은 성찰의 시간을 갖는다.
나는 나에게 취하기 위해
나는 나를 갱신한다.

나에게 찾아온 귀한 그리움에 오래도록 취하기 위해
보살피고 다독이며 애정하는 중이다.
어제보다 더 깊게, 더 넓게 애정하고 있다.

그리움이 밀물되어 덮치는 새벽 2시
나는 나에게 취하기 위해
나는 나를 갱신한다.

한 사람을 사랑한다는 것은
순례의 길

인디언들은 말을 타고 한참을 달리다가
두 시간이 지나면 멈추어 서서 뒤를 돌아본단다.
너무 빨리 달려 자신의 영혼을 두고 왔을까 봐.
사랑도 마찬가지가 아닐까?
아픈 데는 없는지, 상처 난 곳은 다 나았는지
주기적으로 살펴야 달아나지 않는다.
진실 되게 보살피고 새로운 다짐을 해야
아득하고 먼 초원의 집에 도착하게 된다.
한 사람을 사랑한다는 것은 순례의 길이니까.

생각의 차이

나는 사랑을 꿈꾸는 여자라 당신을 간절히 원했고,
당신은 사랑과 성공 모두를 꿈꾸는 남자였다.
그러나 신은 인간에게 두 개를 다 선택할 권리는 주지 않았다.
하여, 우리가 헤어진다면
사랑을 선택했던 나와 사랑과 성공 모두를 고집했던 당신
좁힐 수 없는 생각의 차이가 우리를 갈라서게 했던
가장 큰 이유가 되리라.

이토록 두근거리는
설렘을 안겨 줄까

매 순간 세상에서 가장 아름다운 불을 피우며 때로는 꺼질까 봐

조심조심 불 조절을 하며 여기까지 왔다.

그 어떤 비밀이 사랑처럼

이토록 두근거리는 설렘을 안겨 줄까.

한 사람이 떠나가도
더 많이 사랑한 사람은
여전히 그 공간 속에 갇힌다.
사랑한 사람의 이름을
심장에 문패처럼 걸고 살게 된다.
추억이 아닌 기억 속에서
영원히 숨 쉬는 것처럼.

실컷 울어라

슬픔이 강을 이루었는데
다행히 호우경보가 내려졌다.
참 다행이다.
소리 내어 울 곳이 없는 내 울음
눈치 보지 않고 실컷 울 수 있으니까.
굵은 빗소리, 창살을 흔드는
바람소리와 함께 내 속울음도 폭포처럼 쏟아진다.
실컷 울어라. 울지 못하는 그 울음까지
다 껴안고 죽도록 울어라.
세상이 무너지도록, 내가 무너지도록.

**YOU CAN ERASE SOMEONE FROM YOUR MIND,
GETTING THEM OUT OF YOUR HEART IS ANOTHER STORY.**

당신이 누군가를 당신의 마음으로부터 지울 순 있지만
사랑은 지워지지 않아요.

영화 〈이터널 선샤인〉 중에서

그리운 에로티카,
당신이 머무는 곳으로 갑니다 1

해지는 저녁, 그리움이 일어납니다. 그리움이 걸어갑니다.
사랑이 머무는 곳으로 걸어갑니다.
나는 외로운 에로티카, 당신이 머무는 곳으로 달려갑니다.

PART 4
내 삶의 이유는 당신이다

그리운 에로티카,
당신이 머무는 곳으로 갑니다 2

온전히 나를 위하여 당신 미소가 존재하는 그런 곳에 함께 있고
싶습니다. 나란히 두 손 잡고 앉아 깊어가는 서로의 눈동자를 들
여다볼 수 있으면 좋겠습니다. 그리하여 내일 길이 갈라진 곳을
따라 혼자 걸어가도 괜찮습니다.

그리운 에로티카,
당신이 머무는 곳으로 갑니다 3

외롭고 쓸쓸합니다. 지금 나는 치열하게 당신을 앓고 있습니다.
그러나 당신은 너무나 먼 하늘 아래 있습니다. 얼마나 많은 그리
움을 텍스트 안에 풀어놓았는지 당신도 아실 겁니다.

그리운 에로티카,
당신이 머무는 곳으로 갑니다 4

온몸을 달군 상처 난 생각 하나 '툭' 건드리기도 전에 바람을 따라 뛰쳐나갑니다. 그 뒤를 몸도 따라 나섭니다. 한참 동안을 구두 뒤굽이 부러질 정도로 바람에게 길을 물으며 낯선 길을 헤매었습니다. 떨어질듯 말듯 벼랑 끝 난간을 두 손도 모자라 온몸으로 꽉 잡으며 떨어지지 않겠다며 버티던 날들.

차라리 떨어져 버렸으면. 오늘은 나도 이제 지치고 점점 미쳐 가나 봅니다. 안개처럼 뿌옇게 차오르다 사라진 너는 무엇을 위해 수없이 피었다 졌는지. 꽃이 되고 싶었는지, 안개가 되고 싶었는지 끝없는 물음표로 허공에다 묻지만 대답은 돌아오지 않습니다.

이 길의 끝은 어디일까요? 내가 가는 길의 끝은 어디일까요?

사랑에 갇히다

달빛아래 그리움이 한 켜, 눈물이 한 켜,
지치도록 쌓입니다.
그리움과 기다림의 랑데부
하얀 눈처럼 내립니다.
눈은 무릎, 허리, 전신을 덮습니다.
휘몰아치는 사랑,
그 안에 당신과 내가 갇혔습니다.

맑은 가슴으로
안아 주세요

슬픈 물길만 흐르던 내 가슴이
아픔으로 절룩거리지 않게
당신의 맑은 가슴으로 안아주세요.

희디흰 눈처럼
세상에서 가장 깨끗한
당신의 사랑으로
내 슬픔, 내 아픔까지 껴안아주세요.

PART 4
내 삶의 이유는 당신이다

사브라가
되리라

한때는 붉은 경계선을 그어두고
절대로 넘어서지 말자고 다짐했습니다.

그러나 사랑으로 존경으로 다가온 순간
사진 속의 당신과 눈을 맞추고
사진 속의 당신과 입을 맞췄습니다.

가득 차오르는 이 행복감
보이는 모두가 천국이었습니다.
그냥 좋아 경계선을 허물었습니다.

이제는 사막의 어떤 악조건에도
꽃을 피우고 열매를 맺는 '사브라'가 되어
강인함과 억척스러움으로 생활에 몰입하며
그리고 감정에 복종하며 본능에 충실하겠습니다.
일도, 사랑도 지키기 위하여.

여행은 더 깊은
그리움을 몰고

여행은 더 깊은 그리움을 몰고 왔습니다.
아무도 모르는 곳에서 사랑하는 사람을
죽도록 그리워할 수 있습니다.
과거, 현재와 비교를 통해 사랑은 익어갑니다.
물론 비교를 통해 어제보다 오늘
더 많이 사랑을 품어야 사랑을 지킬 수 있습니다.
사랑도 소통이 중요하고 책임을 다하는 관계라야
당연히 권리도 생깁니다.
시간과 사랑이 함께 나이를 먹어가야 아픔도
용기로 극복되나 봅니다.
몇 번의 연애를 경험했든 얼마나 많은 만남과 이별을 반복했든
지금 머무는 사람이 첫사랑입니다.
첫사랑은 과거에 머무는 것이 아니라
늘 현재에 머물며 진행형이니까요.

나는, 당신의 첫사랑이고 당신은 나의 첫사랑입니다.
하여 첫 마음, 첫 느낌으로 애틋하게 사랑하겠습니다.

깊숙이 파고들어 하나가 되어도
쉽게 티 나지 않는 물 같은 사랑

오래도록 지키고 싶은 사랑이라면 당신보다
당신을 향한 기대나 욕망이 넘치지 않도록 조절해야지요.
당신을 향한 내 욕망이 커지지 않도록 커다란 돌덩이를 심장에 매
달아 놓아야지요. 욕망이 커지면 비교하게 되고 비교하다 보면 자
존감에 상처를 입게 되고 결국에는 사랑하는 사람을 잃을 수가 있
으니까요. 크고 무거운 돌덩이 하나 가슴 한복판에 매달아 놓아
욕망이 커질 때마다 눌러야지요.
그래야만 사랑의 여로가 흐르는 물처럼 평온하게 되겠지요. 색도
향도 맛도 크게 다르지 않은 상태로 같이 흐르면서 썩히면서 하나
가 되는 거지요.

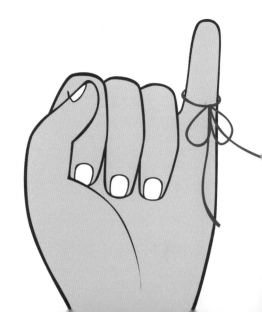

누가 먼저랄 것도 없이 지치고 힘들 때 한 줌 희망의 햇살을 안으며 용기를 내고, 때로는 맑은 미소 한 줌으로 따듯한 위로를 받게 되니까요.

사랑도 밀폐된 곳에 고이면 썩으니까요. 흐르는 물이 되어 함께 앞으로 흘러가야지요. 익숙해져 깊숙이 파고들어 하나가 되어도 쉽게 티 나지 않는 물이 되어야지요.

사랑하는 사람끼리는 특별한 맛을 안겨 주지만 타인에게는 아무런 향도, 색깔도, 맛도 느끼지 못하는 물 같은 사랑이 되어야지요. 온전한 사랑을 바란다면.

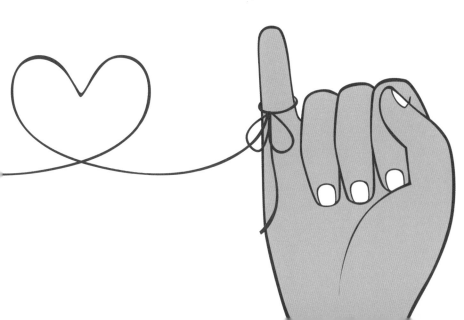

IF YOU HAVE ONE DAY LEFT,
WHAT WOULD YOU DO?
I'D SPEND IT WITH YOU, JUST
BEING TOGETHER.
LIKE NOW. DOING NOTHING.

하루밖에 못 산다면 뭘 하고 싶니?
난 너와 함께 있을 거야,
지금처럼 아무것도 하지 않으면서.

영화 〈이프 온리〉 중에서

봄이었어요

사랑하는 동안은 늘 봄이었죠.
당신을 기다리는 시간도
당신을 떠나보내고 그리워하는 시간까지
모두가 봄이었어요.
사랑하는 동안 늘 봄이었어요.

°이보다 더
좋을 수가

비우고 또 지워도 햇살처럼 다시 쏟아지는 추억입니다.

눈앞에 분홍빛 물결 되어 춤을 춥니다.

마치 만삭인 목련꽃 봉우리가 몸을 푸는 것 같습니다.

부풀다 터진 눈부신 햇살 조각도 새색시처럼

호흡하는 대지와 뒤엉키며 뜨겁게 입맞춤합니다.

하늘, 땅, 햇살 속을 걸어가는 사람들

무엇 하나 눈부시지 않은 것이 없습니다.

내 마음 속에도 풍선 같은 희열 하나 '툭' 올라갑니다.

가득한 만족감입니다. 이보다 더 좋을 수가 없습니다.

잊는다 해도 지운다 해도
잊혀지지도 지워지지도 않는 것이
질긴 그리움이지요.

시간의 그물망에 걸려있는 찌꺼기 같은 잔해들
잊지도 지우지도 못한 질긴 그리움이지요.

어쩌면 이 질긴 정 때문에
이만큼이라도 버티는지도 몰라요.

나를 살게 하는 힘은
잊지도 지우지도 못해
그림자처럼 따라다니는
질긴 그리움인지도 몰라요.

내 영혼의 빨간 장미가
춤추는 그곳으로

미치도록 사랑을 하던 여름이 갑니다.
뚝뚝 떨어지는 선홍빛 잔해가
변산 백사장을 발갛게 물들입니다.
그리워서 사랑하고 사랑해서 또 그리워지는 사람
안고도 늘 배고픈 사랑, 그립습니다.
하얗게 부서지는 서해의 푸른 웃음을 닮은 사람.

장미가 빨갛게 물들어가는 곳,
내 영혼의 빨간 장미가 춤추는 그곳으로 나는 갑니다.

PART 4

내 삶의 이유는 당신이다

새벽 2시에
생각나는 사람

고독이 덤비는 새벽 2시

외로움이 깊어

잠시 나를 내려놓다가

나를 내려놓은 것 같아요.

화들짝 놀라 다시 껴안았어요.

당신은 내게 그런 사람

나만큼 소중한 내 안의 나였어요.

흔들리는 내 마음속의
풍란처럼

오늘도 내 사랑은 진한 만다린 향을
가슴에 품고 당신에게로 갑니다.
어지러웠던 지난 7개월. 당신을 만나고 나면
끝이 날 줄 알았는데
어제는 멈췄다, 오늘 다시
흔들리는 내 마음속의 풍란처럼
더 많이 어지럽고 더 깊은 고독과 슬픔이 밀려듭니다.
당신을 보내고 나면 그리움도 끝이 날 줄 알았는데
그리움에 멍든 내 사랑이 가여울 뿐입니다.
이제는 전신을 파고드는 미세한 떨림도 죄스럽지만
그래도 꽃이 되어 옷을 벗고 싶습니다.
당신이 지어준 이름의 꽃이 되고 싶습니다.
오로지 당신을 위해 옷을 벗는 꽃이고 싶습니다.

사막에 뜨는
붉은 달이 되어

사하라 사막에 뜨는 붉은 달이 되어
오로지 당신의 심장에 뜨고 지는
단 하나의 붉은 달이고 싶습니다.

우리, 어디서
마주할까요

나를 향해 끝없이 꽃가루를 뿌리며
하얀 꽃길을 낸 당신.
지금 난 그 꽃가루를 마시며 살고 있는데
당신은 어디쯤 오고 있나요.
바람 되어 오고 있나요?
그리움을 호흡하는 우리 언제 어디서 마주할까요?

힘내요! 우리

DETOX

힘내요! 우리.
겨울이 지나면 봄이 오듯,
힘든 시간이 지나면
좋은 날이 올 거예요.
어제 하루가 힘들었다면,
그건 곧 좋은 날이
오고 있다는 거예요.
힘내요! 우리.

최고의
사랑이란

가장 슬픈 날
웃을 수 있는 힘을 주는 거죠.
당신, 그리고 나
그런 사랑을 하고 있는 거죠?

행복해요,
우리

행복해요, 우리 아프지 말고.
미치도록 오래오래.

당신을 사랑합니다.
있는 그대로의 당신 뿐 아니라

당신과 함께 있을 때의 나도 사랑합니다.
당신을 사랑합니다. 당신이 당신을 만들어가는 것 뿐 아니라
당신이 만들어가는 나의 모습 때문에
당신을 사랑합니다.

로이 크룻츠

사랑이란 두 사람이 몸과 마음이 일체가 되어야
진정한 사랑으로 융합이 되는 것 같다.
마치 비밀번호를 알아야 현관문이 열리는 것처럼.

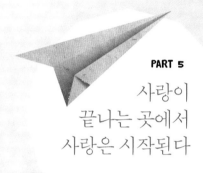

PART 5

사랑이
끝나는 곳에서
사랑은 시작된다

폴 고갱

사람들은 모두
자신의 방식대로 행복을 발견합니다.
나는 행복한 마음으로
당신을 사랑합니다.

PART 5
사랑이 끝나는 곳에서 사랑은 시작된다

주께서는 한쪽 문을 닫을 때,
다른 창문을 열어 놓으신다.

When the Lord closes a door,
somewhere he opens a window.

영화 〈사운드 오브 뮤직〉 중에서

하루치의 생각으로
너를 노래한다

모든 것을 다 포용하고 이해한다 해도
완벽하다 싶을 정도로 좋은 사람이 된다 해도
허락되지 않는 사랑이 있다.
평생을 바쳐 기다린다 해도 가질 수 없는 사랑이 있다.
아름다운 주인공을 꿈꾸었지만 애틋한 조연으로 남을 수밖에.

미치도록 사랑했지만 통증이 가슴을 파헤치며 다닐 줄 몰랐다.
미치도록 그리워했지만 가슴에 그리움의
깊은 골이 생긴 줄 몰랐다.
이별하고 나서야 비로소
사랑이 깊어진다는 것을 알게 되었으니까.
후회는 늘 늦게 찾아온다는 걸, 이별하고 나서야 깨닫게 되었다.
가혹한 이별 앞에서도 하루치의 생각으로
너를 노래할 수 있는 나
어쩌면 한 줌의 희망이 남은 생을
빛나게 살게 할 수도 있으리라.

사랑도
바람이더라

죽고 못 살던 사랑도
떠나가니 그만이더라.
모두가 한순간의
바람이더라.

정신없이 흔들어서
혼을 빼놓는
죽고 못 살던 사랑도
떠나가더라.
순식간에 사라지더라.
사랑도 바람이더라.

천상의
약속으로

기다리라는 마지막 메시지는 천상의 약속이 되고 말았다.
함께한 추억은 고장 난 시계처럼 느리게 작동하다
그만 멈춰버렸다.

한없이 이어질 줄만 알았던
애틋한 그 길 위엔
아픈 그리움만이 이정표처럼 서 있다.

그리운 사람을 잃을 수 있는 건
때가 정해져 있지 않다는 것.
지킬 수 있을 때 지켜야 한다는 것을
이별이 찾아온 순간 알았다.
행복하면 좋겠다.
모두가.
더 이상 아프지 않길 바란다.
그 누구도.

욕심내서 행복했던 사람.
내 사람이기를 간절히 빌었는데
너무 일찍 찾아온 이별 앞에서 목이 멘다.
한 사람이 떠나가도
더 많이 사랑한 사람은 여전히
그 공간 속에 갇힌다.
사랑한 사람의 이름을
심장에 문패처럼 걸고 살게 된다.
추억이 아닌 기억 속에서
영원히 숨 쉬는 것처럼.

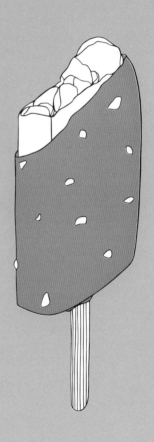

내가 운다.
슬픔이 전이된 듯 사시나무 떨듯 흐느낀다.
머리에서 심장까지 삼십 센티도 안 되는데
이별은 심장까지 도착하지 못한 것 같다.
이토록 여전히 붉게 물들고 있으니.

시리도록 환했던 시간이
나에게도 있었다

시리도록 환했던 시간,

다시는 돌아오지 않는 화려한 시간이 나에게도 있었다.

짧지만 숨 막히도록 기뻤던 순간이 있었다.

그때 그 순간이 행복이었다는 것을

시간이 흐른 후에야 깨닫게 된다.

PART 5
사랑이 끝나는 곳에서 사랑은 시작된다

오늘도 양날의 칼을 대하듯 하루가 저물었다.
아침에는 희망했다가 저녁에는 절망했다.
아침에는 웃었다가 저녁에는 울었다.

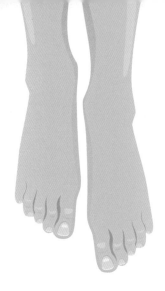

적당함이란

사랑은 그런 것 같다.
너무 열지 않아 지쳐 돌아가기도 하고,
너무 일찍 열어 놀라 돌아가고,
너무 작게 열어 몰라주고

PART 5
사랑이 끝나는 곳에서 사랑은 시작된다

너무 많이 열어 부담 되고 지치게 하는 것.
서로를 만족하게 만드는 적당함은 무얼까.

아무 일 없었다는 듯이 햇살이 쏟아진다.

나뭇가지에 매달린 꽃사과는 저 혼자 붉게 물든다.

바람은 찰랑거리며 빨간 샐비어 꽃잎을 뒤흔든다.

다시 환해지는 여름의 끝
그립다.

애도의
잔을 들자

죽도록 사랑했으니
훨훨 날아가도록 자유를 주자.
정성을 다해 슬퍼하고,
정성을 다해 위로하고,
정성을 다해 지나간 날들을
추억하도록 놓아주자.

모래알처럼 빠져나간
시간들이라 해도
온전히 남아 있는 것이
없다 하더라도
떠나가는 그를 위해
남아있는 나를 위해
겸손하게 애도하고 날려 보내자.

여기까지가 예정된
운명의 순간이라면
거부하지 말고 기꺼이 받아들이자

PART 5
길이 끝나는 곳에 길은 시작된다

떠나는 그를 위해 남아있는 나를 위해
애도의 잔을 들자.

°이별 리뷰 1

젖은 구두에 물이 찬다.
무거워진 구두를 끌며 발이 부르트도록 걸었다.
그러나 그는 오지 않았다.
결국 끝인가 보다.

진종일 누런 황사 비 뿌리고
제비들은 낮게 둥근 포물선을 그리며 주위를 맴돌고 있다.
봄꽃은 피면 오는가 싶더니
발 닿을 틈도 주지 않고
쉬이 가버린다.
떠나는 님을 기다리다가 주저앉아 우는
영변의 약산 진달래꽃처럼
기다림을 기다리다가 낙화하며 떨어지련가!

이기지 못할 슬픔이라면
몸과 영혼의 세포막들도 거부하겠지.
왜냐면 견딜 만큼의 슬픔만 안을 테니까.
슬픔에 들썩이는 나에게
어둠은 날개를 달아준다.
피의 순환이 빠르게 움직이며
드러내놓고 슬픔이 춤을 춘다.
마모되듯 이별이 내 입술을 훔친다.

선운사 빨간 꽃무릇을 보며 깨달았다.

생활은 현실이고 사랑은 이상이라는 것을.

그 사실을 깨닫기까지 숱하게 흔들리고 방황했지만

그래서 미치도록 외로웠지만

조용히 나를 일깨워주던 바람소리가 있었다.

"삶의 이유가 되고 기쁨이 되는 것을 찾아라."

인연이 아닌 만남은
동시에 이별도 시작된다

남녀가 만나고 엮어지는 모든 것들을 가리켜
불교에서는 '인연'이라 하고,
기독교에서는 '섭리'라 말한다.

사랑이란 두 사람의 몸과 마음이 일체가 되어야
진정한 사랑으로 융합이 되는 것 같다.
마치 비밀번호를 알아야 현관문이 열리는 것처럼.

그게 아닌 인연은 웃으면서 수없이 짜증을 부리고 다투고
마치 이렇게 하면 손해 보는 것 같아 주저하는 마음
그런 상태가 계속되다가 결정적인
사소한 하나가 몸도 마음도 갈라놓는다.

인연이 아닌 만남은 만남과 동시에 이별도 시작이 된다는 것
예정된 시간에 끝으로 치닫는 것
그 이상도 이하도 아닌 것이 이별이다.

아프지 않길,
당신도 나도

기다려도 오지 않을 것 같은 사람을 억지로 만나고 온 날.

얼음조각을 삼킨 것처럼 삶의 순간이 차갑다.

사랑하는 사람을 잃을 수 있는 건 때가 정해져 있지 않다는 것,

이별이 찾아온 순간 알았다.

행복하면 좋겠다, 모두가.

더 이상 아프지 않길, 당신도 나도.

PART 5

사랑이 끝나는 곳에서 사랑은 시작된다

첩첩한 그리움을 뚫고 나온 치명적인 사랑
이제 그 사랑을 내려놓는다.

내 몸속에 채워지던 그대라는 사람.
그대 몸속에 채워지던 나라는 사람.
우리 다시 하나에서 둘이 된다.

서로의 가슴에 아름다운 추억을 남기고
왔던 길로 다시 돌아간다.

현실과 이상 속에서 사랑은 여전히 흔들리며 춤을 추지만
삶의 지혜를 배우듯 사랑도 현실과 곧 조화를 이루겠지.
이제, 넘치도록 부풀어 오르던 비릿한 욕망의 날갯짓을 접는다.
그대, 잘 가라.

이별을 견디는 비결

이별을 견디는 비결은
왔던 길로 다시 돌아가는 것이 아니라
힘들어도 왔던 길을 돌아보지 않고
앞으로 한 걸음을 내딛는 것이다.

앞으로 내딛는 첫걸음이 새로운 만남의 시작이니까.
생각도 의지도 시간이 지나면 돌처럼 단단해지니까.

사랑하면서 무엇을 낭비하여
무슨 죄를 지었을까

아주 오래된 영화 '빠삐용'을 보았다.
가장 인상 깊은 부분이라 한다면
재판관이 무죄를 주장하는 '빠삐용'에게
"너는 인생을 낭비한 죄를 지었다."고
준엄하게 꾸짖는 장면이다.
사랑과 이별 사이의 경계에서 머뭇거릴 때에도
어김없이 이 장면이 떠오른다.
과연 나는 사랑하면서
무엇을 낭비하여 무슨 죄를 지었을까?

FIANL SCENE

LEFT MY HEART

PART 5
사랑이 끝나는 곳에서 사랑은 시작된다

그는 "영원히 사랑할 거야"라는 말을 했다.

사랑에 있어 "영원히 사랑할 거야"의

유효기간은 언제까지일까?

영원히 사랑하겠다는 말은 죽기 직전까지

아니면 죽고 나서 다음 생에도

사랑하겠다는 말로 들렸지만.

이별하고 난 후에 깨닫게 된 사실이지만

영원히 사랑하겠다는 말은

사랑하는 마음이 변하기 전까지란 사실이다.

다시 말해 꾸준히 만나 사랑하면서도

이별을 품은 적이 있다면

이미 "영원히 사랑할 거야"의 유효기간은 끝난 거다.

몸은 사랑을 기억하지만
마음은 사랑을 기억하지 못하는 것이다.
하여, 몸도 마음도 떠나는
정식 이별식은 한참 후에나 이루어지는 것이다.

사랑도 그렇다

때로는 사랑의 고통이 살아가는 이유가 된다.
견뎌 이겨내기 위해 죽을힘을 다하니까.
그러나 무엇이든 지나치거나 부족하면 끝이 좋지 않다.
사랑이 그렇다.
이별하고 나서 그리움은 눈물로 달랠 수 있지만
눈물로 이별을 되돌릴 수는 없으니까.
내가 놓았든, 그가 놓았든 이별에는 다 이유가 있으니까.
연민 또는 미안함으로 사랑을 지킬 수는 없다.
행여 다시 만난다고 해도 상처받지 않은
그 순간으로 돌아가지 않는다.
오히려 그것은 사랑을 갉아먹는 일이다.
이별을 통고했다면 스스로 마음을 다잡아야 한다.
음악으로 운동으로 맛있는 음식으로 여행으로 위로하자.
얼마의 시간이 지나 평범한 일상으로 돌아오면
다시 웃게 되는 거다.
웃게 되는 날, 또 다른 인연이 시작되는 거니까.
물론 둘이 즐겨듣던 슈베르트의 음악도

혼자 들으면 쓸쓸함에 갇히고

아픔에 부딪히겠지만.

늦은 밤길을 걸어도 보이는 것들,

들려오는 소리, 코끝에 스며드는 내음 모두가

그와 연결이 돼서 아련해지겠지만.

수백 번 손 안에 든 그의 지문, 체취를 확인하겠지만.

울다 지쳐 잠이 드는 순간까지

온통 그 사람으로 꽉 채우겠지만.

그렇게 반복하다 보면 서서히 잊혀진다.

이별한 사랑이 아픈 이유는

함께했던 과거 때문이 아니라

내일 당장 함께하지 못하는 만남의 상실 때문이다.

당장 돌아갈 곳이 없어 헛헛해지는

사랑하는 마음 때문이다.

사랑도 그렇다.

끝에 도착해서야 '좋고, 나쁨'이

선명해진다는 거다.

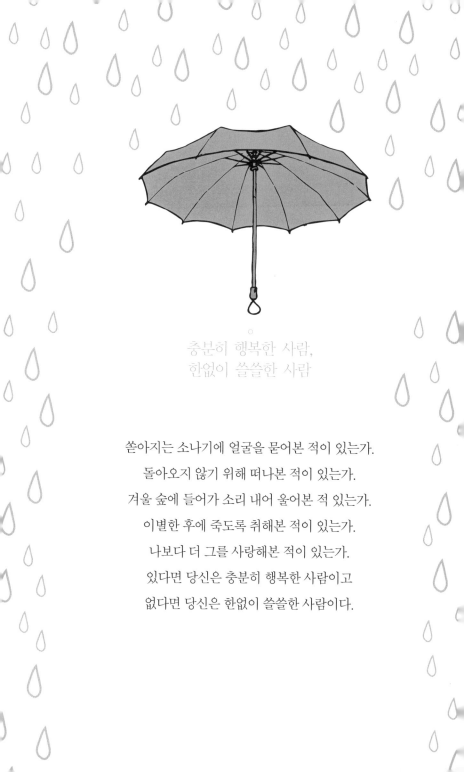

충분히 행복한 사람,
한없이 쓸쓸한 사람

쏟아지는 소나기에 얼굴을 묻어본 적이 있는가.
돌아오지 않기 위해 떠나본 적이 있는가.
겨울 숲에 들어가 소리 내어 울어본 적 있는가.
이별한 후에 죽도록 취해본 적이 있는가.
나보다 더 그를 사랑해본 적이 있는가.
있다면 당신은 충분히 행복한 사람이고
없다면 당신은 한없이 쓸쓸한 사람이다.

기대고 싶은
마음

오늘따라 이토록 기대고픈 걸까.
내게 필요한 단 한 사람
그를 만나지 못해, 그를 얻지 못해
휘청거리고 흔들리고 무너진다.
내가 그리고 세상이.

비가 후드득 쏟아진다.
비 오는 날이면 더 많이 생각나는 너.
애써 생각하지 않으려 해도
떠오르는 너.
오늘은 널 불러 내 가슴에다 안는다.

너의 부재가 심장을 관통한다.
너무 슬퍼 생활은 과거에 멈췄다.
너를 마지막으로 만난 그때로
네가 내게로 웃으며 오던 그때로
내가 네게로 웃으며 다가가던 그때로
사랑의 시계는 멈추었다.

넌 아픔이야

내 술잔에 넘쳐흐르던 시간은
언제나 고통이 넘쳐흘렀지.
사랑한 만큼 아픔이 비례했지.
너를 생각하면 아픔으로 꽉 찬 이름 하나 떠올랐지.
흐르는 물처럼 자연스럽게 흘러갔지만
넌 여전히 아픔으로 남아 있지.

PART 5
사랑이 끝나는 곳에서 사랑은 시작된다

과거는 언제나 수많은 만약(If)을 남긴다.
내가 태어나지 않았더라면
그런 직장에 들어가지 않았더라면
그런 사람을 만나지 않았더라면
그리고 다시 태어난다면까지,
과거는 만약이라는
후회의 그림자 안에 나를 가둔다.

사랑할수록
외롭다

사랑할수록 외로움은 깊다.
그러나 사랑하지 않으면 더 외롭다.
외롭지 않으려면, 혼자가 되지 않으려면
사랑하는 사람을 마음으로 보아야 해.
마음으로 보아야 늘 목말라 할 테니까.

PART 5
사랑이 끝나는 곳에서 사랑은 시작된

늘 허기진 목마름이 집착이 아닌
몰입을 안겨주니까.
눈으로 보면 싫증이 나고
싫증이 나면 떠날 테니까.

사랑이라는 것도
더 이상 어떤 가치를 발견하지 못한다면
늙어 가는 것이리라.
아무런 감흥이 없이
요구하는 것이 많아진다면
나이가 든 것이다.
편안히 떠나가게
놓아주어야 할 것 같다.
그 자리에 연민이나 동정이 채워져
비록 두 손을 내려놓지 못하더라도.

be FREE

사랑이 애증으로 변하기 전에
애도하는 마음으로 놓아야 할 것 같다.
마음에 주름이 지기 전에.
올가미나 집착이 되지 않게.

당신 때문에
난 늘 아픕니다

당신 때문에 난 늘 아픕니다
당신을 만나서 아프고
당신을 못 만나서 아프고
당신의 소식이 궁금해서 또 아프고
당신이 아프지나 않을까 두려워서 아프고
당신을 영영 만나지 못할까 무서워 또 아픕니다
당신 때문에 하루도 안 아플 날이 없습니다
이래저래 늘 당신 생각
난 오늘도
당신 생각을 하며 하루를 살았습니다
아픈 하루를 살았습니다

I'm so hurt because of you

I'm hurt because I met you
I'm hurt because I couldn't meet you
I'm hur tbecause I wonde rhearing from you
I'm hurt because if you were hurt like me
I'm hurt because I'm so scared if I couldn't meet you forever
because of you I'm hurt everytime
whenever whatever I can't stop thinking about you
sure I do too today
I spent all day long with thinking about you
so a cruel hurt day

사랑을 하면서도 이보다 더 나쁠 수는 없을 거란 생각이 들만큼 최악의 시간을 수년 동안 견뎌왔다. 피투성이의 몸으로 어둠에서 빠져나와 보니 최악이라고 생각했던 일은 최악이 아니었다.

나보다 더 큰 욕망을, 집착을, 의혹을 껴안고 사랑을 했으니 과부하에 걸려 배터리가 나가 일시적으로 작동 중지가 되었을 뿐. 이성적인 행동으로 이겨내고 보니 최악이라 생각한 것이 결코 최악이 아니었다. 속이 비어 버리니까. 욕망, 집착, 의혹, 감성이 다 빠져나가니까. 몸과 마음이 가벼워져 이성적인 생각을 냉철하게 할 수가 있었다. 사랑의 과정을 진정으로 성찰하게 되니까 평온이 찾아왔다. 순수한 마음으로 사랑하는 사람을 바라보니 사랑하는 사람이 한없이 측은하고 화내고 툴툴거리는 행동까지 이해가 되었다. 사랑에 있어 내려놓는 건 '잃음'이나 '빼앗김'이 아니라 더 깊게, 더 먼 곳을 바라보며 사랑할 수 있는 혜안을 가질 수가 있다.

기다리고 또 기다릴게.
우리의 이별이 아픔보다는
자기의 웃음을 위한 선물이었음 좋겠다.
당신을 좀 더 따뜻하게 사랑해주지 못했던 일들 생각할수록 미안해.
당신은 세상이 내게 준 가장 아름다운 선물이었어.

영화 〈선물〉 중에서

나를 찾아온 사랑은
구속하거나 집착을 원하지 않았다.
무한한 자유를 원했고
나는 그렇게 하도록 놓아주었다.
다 내려놓고 보니
단단한 믿음이
뿌리를 내려
사랑은 내게로 왔다.
영화 '카사블랑카'에 나오는
멋진 말.

HERE'S LOOKING AT YOU, KID!

"당신 눈동자에 건배를!"이라고
말할 수 있어 참 행복하다.

사람들은 모두 자신의 방식대로 행복을 발견합니다

나는 행복한 마음으로 당신을 사랑합니다

소중한 사람에게 주는
사랑의 말

1판 1쇄 인쇄 2021년 8월 11일
1판 1쇄 발행 2021년 8월 20일

지은이 | 김정한
펴낸이 | 최윤하
펴낸곳 | 정민미디어
주 소 | (151-834) 서울시 관악구 행운동 1666-45, F
전 화 | 02-888-0991
팩 스 | 02-871-0995
이메일 | pceo@daum.net
편 집 | 정광희
표지디자인 | 강희연
본문디자인 | 디자인 [연;우]

ISBN 979-11-91669-09-1 03810